Dominant Susan 3
Un Nouveau Maître

Dominant Susan 3 Vol. 1

Erika Sanders

Dominant Susan 3
Un Nouveau Maître
(Domination Érotique)
Pour
Erika Sanders
Série
Dominant Susan 3 Vol. 1

Synopsis

Susan reconstruit sa vie et affronte l'avenir avec l'aide de ses amis...

Un Nouveau Maître (Domination Érotique) est un roman à fort contenu BDSM érotique et, à son tour, un nouveau roman appartenant à la collection Erotic Domination, une série de romans à fort contenu BDSM romantique et érotique.

C'est aussi le premier volet de la série, **Dominant Susan 3**, où sont racontées les aventures de Susan, alter ego de l'écrivaine, dans sa facette de soumission.

Remarque sur l'auteure:

Erika Sanders est une écrivaine de renommée internationale, traduite dans plus de vingt langues, qui signe ses écrits les plus érotiques, loin de sa prose habituelle, de son nom de jeune fille.

Indice:

DOMINANT SUSAN 3
UN NOUVEAU MAITRE
(DOMINATION ÉROTIQUE)
ERIKA SANDERS

Susan gisait comme une étoile de mer alors que le corps haletant au-dessus d'elle grognait à chaque poussée. Encore une autre tentative ratée pour trouver du plaisir dans son monde vide, « Bon sang, Robert ! Cria-t-elle dans son esprit tandis que l'homme finissait par gémir et s'éloignait d'elle. Elle tourna la tête pour le regarder. Elle avait pensé que cette fois-ci, ce serait différent ; elle avait soigneusement choisi de flirter avec un homme plus âgé cette fois-ci, pensant qu'à tout le moins, il serait vécu comme un amant et capable de l'amener au moins à mi-chemin des hauteurs climatiques dans lesquelles elle vivait pendant si peu de temps. Tout ce qu'elle ressentait maintenant, c'était de la répulsion face au sperme qui coulait sur sa cuisse, et elle se demandait une fois de plus ce qu'elle faisait. Elle se leva et s'habilla rapidement.

"Hé bébé, où vas-tu ? C'était juste un échauffement", dit le connard, et elle se tourna vers lui avec un sourire innocent.

"Je ne pense pas que je pourrais supporter que mon monde bascule de la même manière une deuxième fois. Désolée, je dois y aller," ronronna-t-elle et attrapa son sac en quittant la pièce avant qu'il ne puisse en dire plus.

Elle a pris son téléphone et a envoyé un texto : "Quelle erreur c'était d'aller chercher un café chez Night Owl." Vingt minutes plus tard, Susan était assise à une petite table près du comptoir lorsqu'une Cassandra impeccablement habillée entra et sourit en prenant le siège en face d'elle.

"Comment fais-tu toujours pour être aussi magnifique ?" Susan sourit en retour. "Il est trois heures du matin pour l'amour de Dieu et regarde-toi." Elle fit un geste de haut en bas.

Cassandra rit avec autodérision : "Alors ça ne s'est pas bien passé alors ?"

"Non," gémit Susan en mettant sa tête dans ses mains. "Robert m'a ruiné pour n'importe qui d'autre."

"Maintenant bébé, tu sais que ce n'est pas vrai. Tu ne cherches pas aux bons endroits, et tu le sais. Tu te caches de tes amis depuis près de six mois maintenant, d'une manière ou d'une autre. Il est temps de rentrer, tu ne penses pas ?" Cassandra tendit la main par-dessus la table et lui tint la main. "Le monde de la vanille n'est pas pour vous et moi... "

« Je ne peux tout simplement pas les affronter sans Robert. Toute leur pitié et leur gentillesse, blabla. » Elle fit la grimace.

" Bien sûr que vous le pouvez ! Vous êtes plus fort que quiconque ne vous a jamais attribué le mérite de vous inclure. Aucun petit couineur faible n'aurait pu autant captiver Robert... et les autres par les sons de cela. Parlons de manière réaliste de ce que vous recherchez. car dans ces aventures d'une nuit, vous regrettez invariablement.

Cassandra était sa compagne et sa baby-sitter non officielle le mois dernier lorsqu'elle a accepté l'offre d'Andrew d'utiliser sa cabane de plage. La cabane, comme il l'appelait, ressemblait davantage à une maison de plage haut de gamme , et Cassandra était pour la plupart restée une compagne silencieuse, faisant seulement allusion de temps en temps à son mécontentement face au comportement de Susan. Susan était un peu surprise que Cassandra ait profité de ce moment pour parler non seulement de son retour en ville, mais aussi du style de vie que Robert avait partagé avec elle.

"Oh, ne me regarde pas comme cette jeune femme," cliqua Cassandra. "Tu sais aussi bien que moi que tu ne trouveras jamais ce dont tu as besoin caché ici. Il est temps d'admettre certaines vérités, au moins à toi-même, sinon à moi. Robert lui a peut-être donné un nom, mais tu étais soumis et Vous aimiez les idées de domination avant que vous ne deveniez le sien, n'est-ce pas ? »

Susan hocha la tête en se souvenant de ses tentatives vouées à l'échec pour pimenter les relations sexuelles avec son petit ami, Harry, avant que Robert ne la réclame pour la sienne. Elle se souvenait des manières exigeantes et de l'arrogance d'Harry et de la façon dont elle répondait à ses caprices. C'était une relation épouvantable, mais elle ne savait pas mieux à l'époque, elle le savait maintenant. C'était ce que Cassandra essayait de lui dire, des hommes comme Harry et les aventures d'un soir

, n'allaient jamais lui donner ce dont elle avait besoin. Elle avait soif du contrôle et de l'utilisation brutale d'un dominant comme Robert. Ses yeux s'embuèrent et elle leva de nouveau les yeux vers Cassandra. « Bon sang, Cassandra ! Qu'est-ce que je suis censé faire maintenant ?

" Eh bien , vous êtes maintenant une jeune femme très riche et avec quelques investissements judicieux, vous pourriez acheter quelques chats et vous cacher pour toujours si vous le souhaitez. J'espère cependant que vous réaliserez que la vie est pour les vivants et que vous rejoindrez le monde créé par Robert. dont vous faites partie. Un monde pourrais-je ajouter qui vous manque beaucoup et qui attend de vous accueillir à la maison, " dit Cassandra d'une voix douce et sympathique. "Robert était votre monde, comme il aurait dû l'être, mais maintenant il ne devrait être que le premier des cent saveurs différentes de kink que vous allez essayer. Croyez-moi, essayer d'autres saveurs ne fera pas disparaître l'amour que vous ressentez pour lui. moins, cela deviendra simplement un souvenir, comme il se doit. »

"La vie, c'est pour vivre, hein ?" Susan eut un demi-rire triste.

"Vous ne me voyez pas me cacher après la perte de mon mari et Maître depuis quarante ans, n'est-ce pas ?" Cassandra insista.

"Est-ce que tu es toujours..." murmura Susan d'une voix impressionnée.

"Bien sûr, mon cher, je suis vieux, pas mort !" Elle a ri de tout son cœur.

Ils ont continué à parler jusqu'à ce que le soleil atteigne l'horizon aquatique de la côte est avant de rentrer chez eux et de rejoindre leur lit. La nuit tardive que Susan avait prévue fut perturbée par un bruit sourd , puis par le grincement de sa propre porte alors que Cassandra la réveillait complètement pour lui expliquer qu'ils avaient des visiteurs et plutôt que d'expliquer la nuit tardive qu'elle avait dit que Susan lisait.

"Lève-toi et habille-toi vite, nous avons des invités" sourit Cassandra.

Réalisant qu'il s'agissait probablement d'Andrew, Gregory ou Barry pour le contrôle hebdomadaire, Susan se leva et s'habilla d'une robe courte en coton moulant et se lava le visage avant de fixer ses cheveux en un semblant de queue de cheval en désordre. Elle se dépêcha de ralentir et se mit à marcher juste avant le salon. Avant qu'elle puisse comprendre qui étaient les invités, elle fut bouleversée dans une étreinte qui la fit s'allonger sur le dos sur le sol avec une Cinthia rieuse qui lui frottait le cou.

« Cinthia ! » Susan a crié, ravie, "Comment ? Quand ? Wow !"

"Whoa, Cinthia, ne blesse pas la fille avec ton salut," Barry se leva soudainement au-dessus d'eux pour les aider à se relever. "Elle a envie de toi depuis que tu es parti. C'était tout ce que je pouvais faire pour l'empêcher de mordre Andrew et Gregory jusqu'à ce qu'ils acceptent de nous laisser te surprendre ce week-end."

Susan regarda Barry pendant qu'il parlait, voyant Gregory planer en arrière-plan regardant la salutation exubérante.

"C'est merveilleux de vous voir, Maître Barry et Sir Gregory, merci beaucoup d'avoir amené Cinthia me voir, elle m'a beaucoup manqué," dit Susan, revenant quelque peu formellement au modèle d'adresse que Robert lui avait inculqué en saluant les autres. dominantes.

"Pas besoin de faire de cérémonie ici, petite pouliche," Barry prit Susan dans un énorme câlin d'ours, la faisant couiner de plaisir.

"Eh bien, Cassandra me dit qu'il est temps de retourner au pays des vivants, donc je devrais vraiment perfectionner un peu mes compétences," sourit Susan et fit à Cassandra un sourire déséquilibré.

"C'est une excellente nouvelle", dit doucement Cinthia de sa voix grave et rauque.

" En effet, " Gregory sourit et la prit dans les bras de Barry, la serrant dans ses bras et la plaçant doucement sur ses pieds, " Tu as l'air fatiguée Susan, tu as toujours du mal à dormir ? " Il y avait de l'inquiétude dans sa voix.

"Non, je suis restée éveillée bien trop tard hier soir. Je ne sais pas à quel point Cassandra a toujours l'air si fraîche et belle après une nuit tardive," Susan détourna astucieusement l'attention d'elle-même et la braqua sur la femme plus âgée, se sentant comme si elle J'aurais dû prendre plus de temps pour m'habiller et me préparer à accueillir ces invités.

"La flatterie vous mènera partout", sourit Cassandra tandis que les hommes murmuraient leur assentiment. "Va sur la terrasse et j'apporterai quelques boissons", continua-t-elle en se dirigeant vers la cuisine.

"Je vais aider", proposa Gregory et ne se laissa pas décourager par Cassandra tentant de le chasser. Une fois dans la cuisine, elle demanda : « Comment l'avez-vous amenée à envisager de rentrer chez elle ?

"Patience mon cher garçon, elle avait quelques choses à régler d'abord, mais je pense qu'elle est prête à réintégrer le monde qu'elle a fui." Elle versa du café et récupéra le jus du réfrigérateur.

"C'est une bonne nouvelle ; elle nous a manqué", dit Gregory en ramassant le plateau que Cassandra avait assemblé.

" Il semblerait que Robert et toi étiez proches , n'est-ce pas ? " Cassandra demanda conversationnellement avec sa curiosité, sentant qu'il y avait quelque chose de plus que Gregory ne disait pas.

"Il était mon mentor et l'un de mes amis les plus proches", acquiesça Gregory. "Je veux juste savoir qu'on s'occupe correctement d'elle."

"Pour un bâtard aussi arrogant, Robert a certainement inspiré la loyauté parmi ses amis," rit Cassandra et Gregory éclata de sourire.

"Tu es toujours un gamin dans l'âme, n'est-ce pas ? Tu as raison même s'il pouvait parfois être un salaud arrogant ; cela faisait partie de son charme." Il sourit narquoisement, "Si vous cherchiez une réprimande ailleurs, je ne serai pas celui qui vous donnera la fessée que vous méritez", la réprimanda Gregory.

"Oh caca," fit-elle une moue moqueuse, "Je ne peux pas blâmer une vieille fille d'avoir essayé." Gregory rit et retourna sur le pont avec elle.

Gregory pouvait entendre Susan parler alors qu'ils se rapprochaient : "... Je ne suis pas sûr. Je veux dire, c'est un geste merveilleux, mais je ne sais tout simplement pas et je suppose qu'Andrew est mon tuteur, je devrais lui demander. Oh Mon Dieu, cela me fait ressembler à une enfant ou à une femme entretenue", a ri Susan en entendant ses propres mots.

Cinthia ricana, son amusement évident alors que Gregory et Cassandra prenaient place avec le petit groupe. Gregory haussa un sourcil. "De quoi n'es-tu pas si sûr ?"

"Avant... eh bien, tu sais," la voix de Susan faiblit légèrement avant de s'éclairer artificiellement, "Robert avait organisé un programme d'entraînement pour moi avec certains de ses amis. Il voulait que je découvre certaines des différentes facettes de son style de vie. Il m'a dit ils avaient chacun des qualités inhérentes à leur formation dont je pouvais bénéficier." Gregory et Cassandra la regardèrent tous les deux, hochant la tête en signe d'accord avec sa déclaration.

"Maître Barry vient de proposer de respecter l'accord qu'il a conclu avec Robert et m'a invité au ranch pour une formation intensive avec Cinthia", a expliqué Susan.

"Est-ce que c'est quelque chose pour lequel tu te sens prêt ?" Une fois de plus, l'inquiétude toucha la voix de Gregory, obligeant Cassandra à le regarder et à l'étudier une fois de plus.

"Je ne sais pas. Comme je l'ai dit, je ne suis pas sûr, et j'ai l'impression que je devrais en parler à Maître Andrew, ou à Alan..." elle se mordit la lèvre en pensant, "Je veux dire Maître Alan, Je ne suis pas encore tout à fait habitué ; Robert partageait ma tutelle entre eux. Susan a expliqué inutilement.

"Si je comprends bien, l'un est pour les affaires, l'autre pour le plaisir", a ri Cassandra. "Tous deux très beaux Maîtres que beaucoup de filles tueraient pour être à votre place." Elle taquina Susan et sourit.

"Pourquoi n'allez-vous pas vous promener sur la plage, les filles, pour vous rattraper ? C'était tout l'intérêt de venir ici. Cela et sauver

Gregory de toute autre marque de morsure," grogna Barry en riant. Sans qu'on le lui demande deux fois, Cinthia attrapa la main de Susan et commença à descendre les escaliers du pont et à ouvrir la voie vers la plage.

"Personne ne te reproche d'avoir besoin de temps. La façon dont tout cela s'est passé, c'était tout simplement horrible," Cinthia ne voulait pas faire ressortir ce souvenir et s'arrêta d'en dire plus en mettant un bras autour de l'épaule de Susan. " Tu manques à tout le monde mais nous comprenons, tu sais."

Susan hocha la tête avec gratitude, désireuse de changer de sujet, elle demanda : "Alors, des potins juteux ?"

"C'est toi, j'en ai bien peur. Aux dernières nouvelles, tu t'es enfui avec un prince du Moyen-Orient," dit Cinthia avec un visage parfaitement impassible et Susan éclata de rire.

"Sérieusement, considérez la formation du Maître proposée. Nous serions ravis que vous restiez avec nous. Et si vous découvrez que notre truc n'est pas votre truc, alors je suis sûr que les autres Maîtres honoreraient l'accord qu'ils ont conclu avec Robert si vous étiez intéressé, " Cinthia l'a encouragée. "Vous pouvez toujours vous arrêter si vous en avez besoin , mais ce serait un bon moyen de rencontrer d'autres personnes partageant ce style de vie sans vous lancer dans le marché de la viande pour ainsi dire. Vous auriez la protection d'Andrew et Alan, donc en fait, vous seriez redevable. uniquement au maître formateur auprès duquel vous êtes allé pendant la période convenue et vous pourriez rédiger l'accord pour vous assurer qu'il y avait une clause de non-participation.

"Tu penses que les amis de Robert feraient ça pour moi ? Ils me connaissaient à peine", Susan envisageait en fait l'idée si, comme l' a dit Cinthia, elle pouvait se retirer à tout moment si elle ne se sentait pas en sécurité ou satisfaite de la situation. Mieux encore, cela lui donnerait une chance de ressentir un peu du plaisir abrutissant qu'elle avait peut-être avec Robert. En fait, plus de chance qu'elle n'en avait ici dans le monde de la vanille.

"Je pense que tu serais surpris de voir à quel point tu es désirable d'être la seule fille à porter le collier de Robert", sourit Cinthia, "sans compter que tu es un morceau de chair d'esclave sexy. Si tu devais te mettre aux enchères, les enchères seraient rapides et furieuses.

"Arrête de taquiner," rit Susan.

"D'accord, je vais le prouver," dit Cinthia sur un ton supérieur, "Quand vous serez prêt, demandez au Maître de convoquer une réunion des parties prenantes du club à laquelle vous avez le droit d'assister et vous verrez à quelle vitesse ils seront d'accord."

« Tu ne penses pas que je devrais d'abord passer devant Andrew et Alan ? » Susan était consternée à l'idée de s'adresser seule aux parties prenantes.

"Andrew essaie peut-être de vous en dissuader. Il est devenu comme un mur entre vous et vos amis dans votre style de vie. Vous n'avez aucune idée du nombre de fois où j'ai dû le mordre lui et Gregory pour savoir où vous vous cachiez. " elle rougit malgré son sourire. "Si tu décides que tu veux le faire, le Maître parlera pour toi, même si je m'attends à ce que Gregory le dise à Andrew de toute façon. Il est venu nous garder et s'assurer que nous ne t'avons pas contrarié de quelque manière que ce soit."

Susan y réfléchit alors qu'elles marchaient en silence le long de la plage. Cinthia était généralement une femme silencieuse, Susan pensait que c'était tout ce qu'elle avait jamais entendu dire par l'autre fille. Susan souriante s'arrêta et leva les yeux vers Cinthia. "As-tu utilisé ton quota quotidien de mots pour essayer de me convaincre."

"À peu près, promets d'y réfléchir, tu vas adorer le ranch et je veux te voir plus souvent," Cinthia la serra dans ses bras et ils se retournèrent vers la maison. "Le Maître nous siffle depuis quelques minutes maintenant, nous ferions mieux de rentrer." Susan n'entendait rien mais l'audition de Cinthia était légendaire. Ils revinrent dans un silence confortable.

Susan savait qu'elle devait parler à Andrew et Alan de l'idée de reprendre le programme d'entraînement que Robert avait mis en place pour elle, ou du moins de le modifier légèrement. Elle occupait un poste dans l'entreprise et l'avait abandonné dans son chagrin. Elle avait besoin de savoir qu'elle serait en mesure de retourner dans l'entreprise si elle avait encore plus de temps libre de son travail pour s'entraîner avec les différents Maîtres et leurs filles qui avaient accepté d'honorer l'accord qu'ils avaient conclu avec Robert.

L'idée s'était cependant emparée de ses pensées, et elle admettait que cela lui semblait bien mieux et plus sûr que ce qu'elle faisait actuellement, se cacher ici, dans cette petite ville en bord de mer, dans une maison isolée, accumulant des aventures d' un soir dans le but de ressentir autre chose que le vaste vide qui menaçait de l'engloutir chaque fois qu'elle pensait à cette horrible journée en Italie.

Les mots de Cassandra de la veille résonnaient dans son cerveau : "Tu ne cherches pas aux bons endroits... Tu t'es caché... il est temps d'y retourner... le monde vanille n'est pas pour les gens comme toi et moi.. "

Au moment où ils arrivèrent à la maison, Susan avait pris sa décision et après six mois d'inaction, elle se sentait revigorée par un nouveau but. S'entraîner et devenir l'esclave que Robert voulait pourrait être la chose qui pourrait la sauver du chagrin et des cauchemars qu'elle souffrait encore. Cassandra avait raison ; il était temps de réintégrer le monde réel et de faire le choix de continuer à vivre la vie qu'elle commençait tout juste à explorer avec l'homme qu'elle avait aimé. Il avait voulu cela pour elle avant qu'elle ne le perde, il le voudrait encore pour elle ; elle a raisonné contre le sentiment de culpabilité qu'elle ressentait au début d'avancer. "Robert voudrait ça", se dit-elle fermement.

Lorsqu'ils arrivèrent sur le pont, Cassandra avait préparé le déjeuner et les hommes étaient déjà en train de manger après les avoir attendus depuis un certain temps. Posant une petite assiette de nourriture devant Susan avant de répéter qu'elle n'avait pas faim, Cassandra prit une assiette pour elle et s'assit.

Susan mangeait tranquillement et sans réfléchir, son esprit se disputant toujours avec elle-même après avoir pris la décision, se débarrasser de la culpabilité qui venait de son chagrin était un processus difficile, et elle se demandait comment Andrew et Alan réagiraient quand elle le leur dirait. Sans s'en rendre compte, elle resta assise et se mordit la lèvre pendant un moment, et Gregory lui posa une question deux fois avant de lui toucher le bras, la tirant des pensées qui l'occupaient.

"Je vois, je ne mange toujours pas", dit-il. "Pas étonnant que vous ayez du mal à prêter attention aux questions à table."

"Je suis vraiment désolée, Sir Gregory," murmura Susan en poussant une bouchée de nourriture devant ses lèvres.

"Comme tu devrais l'être," sourit-il, "Toi et Cinthia êtes partis depuis un moment, tous rattrapés ?"

"Oh oui, apparemment Cassandra est un prince du Moyen-Orient et je ne l'ai jamais su !" » dit-elle sérieusement, et Cinthia ricanait avec amusement.

Cassandra bafouilla et leva les yeux, "Je suis quoi ?"

"Selon les dernières rumeurs, je me suis enfui avec un prince du Moyen-Orient. C'est un peu dommage de revenir en arrière et de prouver que cette rumeur est fausse. Cela semble tellement excitant," sourit finalement Susan.

" Alors tu reviens en ville ? " Gregory a demandé : « Ou retournes-tu chez tes parents ?

"J'aimerais beaucoup parler à Maître Andrew et à Maître Alan de l'idée qu'a eu Maître Barry... poursuivre la formation que Robert voulait pour moi," dit-elle timidement. Même si elle avait pris la décision, elle n'était toujours pas entièrement sûre de la manière exacte dont elle souhaitait l'aborder. « Je devrais probablement d'abord rentrer chez moi et voir ma famille ; je sais qu'ils sont inquiets, » elle se mordilla la lèvre pensivement.

"On dirait que votre visite est arrivée juste au bon moment," dit Dorothy à Barry. "Nous disions juste ce matin qu'il était temps de rejoindre le pays des vivants. N'est-ce pas, Susan."

"Nous l'étions, c'est vrai", sourit Susan.

"Saisissons le moment alors, Cinthia t'aidera à faire tes valises après le déjeuner et Gregory pourra te conduire chez tes parents et tu pourras passer la nuit avec eux pour qu'ils puissent te voir mieux que jamais, même si tu es trop maigre," Susan ouvrit la bouche. et a fait du bruit à plusieurs reprises mais Cassandra a annulé ses tentatives d'interrompre l'organisation efficace de sa vie, "Tu peux faire ça, n'est-ce pas Gregory , tu as amené ta propre voiture, n'est-ce pas ?"

Gregory se rassit sur sa chaise et regarda la femme qui avait le respect des soumis et des dominants avant d'acquiescer silencieusement. Son esprit travaillait sur la logistique des managers stagiaires qui tenaient le fort au club et a décidé d'appeler Barry et de s'assurer qu'il serait là.

"Susan appelle ta mère, je suis sûre qu'elle sera ravie, Cinthia et moi allons nettoyer la cuisine et commencer à faire tes bagages. Vous les hommes," elle se tourna pour les considérer, "Je crois qu'il y a une sorte de match de football. sur cette télé compliquée là-dedans, ou allez nager, mais ne vous mettez pas sous les pieds. "

Emportée par le tourbillon de Cassandra en mission, Susan s'est retrouvée emballée et prête à partir en l'espace de deux heures. Elle s'est démarquée à côté des voitures en faisant ses adieux à Barry et Cinthia. "Je suis désolée que nous n'ayons pas pu passer vraiment de temps ensemble aujourd'hui."

"Nous sommes juste venus pour nous assurer que tu étais en sécurité et heureuse", dit doucement Cinthia en la serrant dans ses bras.

"Je suis venu pour l'empêcher de mordre quelqu'un d'autre, elle a vraiment mauvaise réputation", gronda Barry en frappant le cul de

Cinthia. « J'espère que cette petite visite la calmera jusqu'à ce que vous veniez nous voir au ranch. Il la prit dans ses bras et la serra jusqu'à ce qu'elle couine bruyamment. "J'aime ce son que tu fais quand je te serre juste assez." Il la déposa et Cinthia lui caressa la joue en signe d'adieu.

Barry klaxonna et attendit que Cassandra et Gregory apparaissent avant de partir pour le voyage de retour à leur ranch.

"Je vais rester encore quelques jours ; j'adore cet endroit et j'ai besoin de recharger mes vieilles batteries avec une contemplation tranquille," elle serra Susan dans ses bras. "Tu seras entre de bonnes mains avec Gregory. Laisse ta mère te nourrir pendant un jour ou deux avant de partir en ville, tout ce à quoi vous pensez vous attendra."

Gregory ouvrit la portière de la voiture pour Susan et Cassandra la laissa partir, " Prends soin d'elle Gregory, elle est précieuse. "

"Je sais," sourit-il et monta du côté conducteur. « Attachez votre ceinture, Susan. » Il attendit qu'elle ait attaché sa ceinture avant de démarrer le moteur et de partir, laissant Cassandra profiter de sa solitude. "Tu avais l'air fatigué, essaie de dormir un peu avant d'arriver chez tes parents. Je ne veux pas que tu aies des ennuis parce que tu ne prends pas soin de toi. Cassandra a raison, tu es trop maigre en ce moment."

"Merci," dit-elle doucement, "je suis désolée que Cassandra vous ait intimidé pour me reconduire à la maison, je suis sûre que vous avez mieux à faire que de me conduire."

"C'est vraiment agréable d'avoir ta compagnie," sourit Gregory.

"Voyons si tu ressens cela après que j'ai commencé à ronfler," Susan inclina légèrement son siège.

"Repose-toi, petit," rigola Gregory, "Je vais monter la chaîne stéréo pour étouffer tes ronflements s'ils deviennent trop forts."

*****

Caty s'affairait autour de la voiture avant même qu'elle ne s'arrête complètement. Susan était reconnaissante que Gregory l'ait réveillée vingt minutes avant son arrivée et grâce à la préparation de Cassandra, elle avait tout ce dont elle avait besoin pour avoir l'air et se sentir rafraîchie dans un petit sac à ses pieds dans la voiture.

"Bébé, tu es là !" Caty s'est exclamée comme si c'était une surprise et a fait signe à Paul : "Regarde qui est là. Regarde qui est là !"

"Hé, voilà Susy", dit Paul alors qu'elle descendait de la voiture. "Merci de l'avoir amenée Gregory . Puis-je vous inciter à rester pour le dîner ?"

"Comment pourrais-je laisser passer l'occasion de goûter à la cuisine légendaire de votre femme ? Vous savez qu'Alan se vante constamment qu'elle lui fournit les meilleurs macarons du pays." Gregory sourit et accepta gracieusement l'offre. Au cours de leur brève conversation téléphonique, Andrew avait exhorté Gregory à rester avec Susan, expliquant par expérience personnelle à quel point il est facile de retomber dans le chagrin et la mélancolie même lorsque tout semble tellement mieux. Gregory ne pensait pas que ce serait le cas avec Susan mais n'avait pas argumenté sur ce point, mais plutôt accepté de rester aussi longtemps que ses parents le lui permettraient.

Atteignant la banquette arrière de la voiture, il sortit une bouteille de vin rouge et un petit bouquet de fleurs. "Nos amis m'avaient prévenu de m'attendre à votre généreuse hospitalité", dit-il aimablement.

"Si nous ouvrons, vous devrez peut-être passer la nuit", Paul regarda la bouteille avec approbation. "Caty laisse Susan seule pendant une minute et viens dire bonjour à notre nouvelle amie. Le lit dans la chambre d'amis est fait, n'est -ce pas ?"

" Bien sûr, quel genre de maison pensez-vous que je dirige ici !" Caty s'apprêta à embrasser Gregory et à l'embrasser sur la joue comme s'ils étaient déjà de vieux amis.

"Tu es tout aussi belle, et Alan me l'a dit, maintenant si ta cuisine est à moitié aussi bonne , je pourrais juste te voler à ton mari," la flatta Gregory et apprécia la rougeur suscitée par ses paroles.

"Tout le monde veut voler ma femme," Paul leva les mains, "Allons à l'intérieur et pillons le réfrigérateur Susy, ta mère est allée faire les courses dès que tu as appelé. Tous tes favoris y sont stockés." Son bras s'enroula autour de son épaule alors qu'ils entraient, et il se pencha plus près pour lui demander : « Comment vas-tu vraiment ?

"Je me sens bien papa, mieux que depuis..." Ses yeux s'assombrirent, "Eh bien, tu sais." Il lui serra l'épaule et hocha la tête.

"Ne touche pas à mon réfrigérateur Paul, tu es au régime, tu te souviens ?" » s'exclama Caty en se précipitant après eux.

"Elle essaie de m'affamer !" Paul se plaignit bruyamment.

"Ne t'inquiète pas papa, je vais te donner quelques friandises," Susan fit un clin d'œil et Caty souffla d'exaspération envers eux deux.

Gregory rit en regardant la scène. Il avait cru que l'adorable nature soumise de Susan venait d'une famille patriarcale autoritaire, et bien qu'il en ait entendu parler à la fois par Alan et Robert au lendemain de la fête d'anniversaire, lorsque Barry avait été envoyé pour déménager tout son appartement en une soirée. , il n'était toujours pas préparé à la scène chaleureuse et affectueuse à laquelle il assistait.

Diriger le club en tant que bras droit de Robert pendant les années d'absence d'Andrew lui avait permis de bien comprendre, du moins c'est ce qu'il pensait de ce qui poussait les femmes à accepter leur soumission. Des filles issues de foyers brisés ou d'un passé violent, des filles avec des complexes paternels qui aspiraient à ce contrôle autoritaire mais une fois de plus, Robert l'avait surpris par son choix de Susan. Elle ne correspondait pas au profil masochiste typique que Robert avait toujours privilégié. Elle ne manquait pas de confiance en elle et Paul ne semblait pas être le strict disciplinaire auquel il s'attendait. Pourtant, il savait que la petite jeune femme devant lui était l'esclave de l'un de ses amis les plus proches.

Il secoua la tête devant la juxtaposition des différentes facettes de la vie de Susan et se demanda distraitement comment elle agissait dans le monde professionnel de l'entreprise de Robert. Elle était étudiante en affaires s'il se souvenait bien, et il essayait de l'imaginer portant des costumes d'affaires et des talons hauts plutôt que les tenues révélatrices qu'elle portait au club ou les robes d'été simples qu'elle portait en ce moment .

Une fois installés dans leurs chambres, ils sortirent dans la cour et s'assirent à l'ombre fraîche des arbres. Ce fut Susan qui rompit finalement le silence confortable. "Je suis désolée d'avoir été insupportable ces derniers mois", s'est-elle adressée à ses parents.

"Chut maintenant," sa mère écarta ses excuses, "Tu as de bonnes raisons. Nous aimions tous Robert." Les yeux de Caty commencèrent à s'embuer.

"Maintenant, maintenant, mon amour," commença Paul mais Susan finit pour lui.

"Pas devant Susan," rigola-t-elle. "Tout va bien, vraiment. Je vais bien. Qu'est-ce qu'ils disent ? On ne peut pas revenir en arrière, seulement en avant, et j'ai mis ma vie entre parenthèses pendant trop longtemps. Robert est mort ; je ne l'ai pas fait, et un ami sage m'a dit récemment que la vie était pour les vivants. Je l'aimerai toujours, vous savez, et je garderai son souvenir près de mon cœur, mais il est temps d'embrasser à nouveau le monde. Susan regarda l'inquiétude sur les visages de ses parents et sut qu'ils n'étaient pas convaincus. Elle s'est tournée vers Gregory pour obtenir de l'aide.

"Pour ma part, je serais simplement heureux si tu mangeais plus, tu es devenue beaucoup trop maigre et frêle. Pas du tout la petite Susan coriace que j'ai connue. Alors , qu'est-ce qu'il y a au menu pour le dîner, Caty, j'attendais avec impatience ce moment. tout le trajet jusqu'ici", Gregory changea de sujet avec tact.

"Juste quelques pâtes, j'en ai bien peur, rien de spécial", mais elle rayonnait de fierté face au compliment fait à sa cuisine.

"Elle s'est occupée des pâtes al'ama", a dit Paul dans un murmure scénique à Susan, qui a largement souri.

" Oh mon Dieu, j'adore ça!" Susan s'enthousiasma. "Elle fait du canard. C'est un de mes préférés !" Elle a traduit pour Gregory.

"Super, j'ai hâte !" Gregory s'est enthousiasmé : "Cela ira très bien avec le rouge que j'ai apporté avec nous."

"Combien de temps restes-tu Susy ? Ta mère a acheté assez de nourriture pour te nourrir pendant six mois, toutes tes préférées !" Paul rit.

"Maintenant que j'ai pris la décision de rejoindre le pays des vivants , j'ai en quelque sorte envie d'y retourner", dit-elle doucement, ne voulant pas décevoir ses parents avec un si bref séjour. "Et je me demandais si je pouvais demander ton avis professionnel sur quelque chose, demain matin peut-être ?" Elle laissa ses yeux se poser sur sa mère qui était perchée sur le bord de son siège, mais était restée silencieuse à cause de la main que Paul avait posée sur son épaule pour apaiser ses plaintes.

"Il n'y a rien de mieux que le présent", sourit Paul, "Viens dans ma tanière et je mettrai cette drôle de perruque blanche dont tu aimes rire."

lui tendait la main, elle la suivit. Gregory devait admettre qu'il était impressionné par cet homme. Sa domination subtile sur sa femme et sa fille se manifestait dans la façon dont il parlait calmement sur un ton qui ne tolérait aucune discussion et dans les gestes physiques qu'il échangeait avec sa femme pour calmer son explosion émotionnelle face à l'apparent empressement de Susan à retourner en ville.

S'il n'avait pas scruté la vie de famille de Susan, il n'aurait peut-être vu que la chaleur aimante avec laquelle il faisait ces choses, mais Gregory n'avait aucun doute que l'homme était le roi de son château. Il se tourna pour discuter avec Caty et lui demanda des recettes et autres pour un ami de son Barry, qui était un chef cherchant toujours à changer son menu et à expérimenter la nourriture.

Debout dans le bureau de son père, Susan se sentait à nouveau comme une adolescente errante. C'était la pièce dans laquelle elle ne s'était jamais disputée avec son père. Elle a admis ses méfaits et a accepté la punition qu'il lui avait imposée. Cela semblait étrange d'être ici pour lui demander conseil, mais cela semblait d'une manière ou d'une autre approprié. Cette pièce lui rappelait son intelligence et son sens des affaires. Comment il avait quitté un partenariat dans une grande entreprise et s'était lancé à son compte pour démarrer un cabinet privé peu de temps après sa naissance, lui offrant ainsi la vie dont elle jouissait dans cette ville de campagne idyllique en grandissant.

"Asseyez-vous Susan," rit-il, "Tu n'es pas une enfant ici pour une réprimande."

Pour une raison quelconque, elle était soudainement nerveuse, tout cela avait tellement de sens dans sa tête alors qu'elle y pensait au cours des dernières semaines, mais maintenant qu'elle était ici dans cette pièce, elle était à court de mots.

"Je suis riche", lâcha-t-elle soudainement pour commencer, "Grâce à Robert, je veux dire."

"Appelons cela riche de manière indépendante", sourit Paul, "et oui, grâce à Robert, vous êtes extraordinairement bien pourvus. Où cela va-t-il ?" » demanda-t-il astucieusement.

"Je ne pense pas que je puisse accepter de travailler dans l'entreprise de Robert entourée de nos amis et de nos souvenirs. Je vais bien", s'empresse-t-elle de le rassurer, "Mais je me suis interrogée sur la logistique liée à l'achat d'une petite franchise ou d'une entreprise à moi. " Je veux dire, est-ce que j'ai assez de capital ? J'ai un diplôme en commerce, et tout, et je sais comment tout fonctionne, mais j'ai appris que la réalité des petites entreprises n'a souvent rien à voir avec ce qu'elles enseignent dans les manuels scolaires. " Elle laissa échapper le souffle qu'elle ne s'était pas rendu compte qu'elle retenait alors qu'elle arrivait finalement au but.

"Cela dépend de l'entreprise. Aviez-vous quelque chose de particulier en tête ?" Paul contemplait la jeune femme assise de l'autre côté de son bureau, essayant d'envisager la situation du point de vue d'un avocat plutôt que de celui d'un père.

"Je pensais plus au côté vente au détail, à un magasin spécialisé qu'à la fabrication", dit-elle avec espoir. "Peut-être quelque chose d'amusant comme des robes de créateurs à des prix raisonnables ou des bijoux fantaisie ou une combinaison des deux."

"Je suppose qu'avec les revenus que vous recevez trimestriellement des dividendes des actions que vous détenez dans la société de Robert, vous pourriez vous permettre d'ouvrir votre propre maison de créateurs ou bijouterie", a déclaré Paul.

"Je pensais qu'à mon retour, je parlerais à Alan de la possibilité d'aller visiter certains fabricants et commerces de détail pour voir comment ils fonctionnent en premier. Assurez-vous que c'est la bonne chose dans laquelle investir", dit-elle doucement.

"C'est une façon intelligente d'aborder les choses", approuva Paul, fier de la maturité évidente de sa fille dans ses processus de réflexion. Au début de la conversation, il s'était inquiété qu'elle soit sur le point de demander quelque chose de frivole ou de dangereux, des cours de pilotage dans son propre jet privé ou quelque chose du genre.

"Cela signifierait pas mal de voyages, et tu sais maman," Susan n'eut pas besoin de terminer la phrase lorsqu'elle vit son père hocher la tête et avoir l'air pensif.

"Vous pourriez l'emmener avec vous lors d'un voyage ou deux", suggéra Paul.

"Peut-être, mais c'est quelque chose que j'aimerais faire par moi-même, quelque chose qui ne concerne que moi, tu sais ? Je suis passé d'ici à travailler pour Robert, j'ai toujours eu quelqu'un qui s'occupait de moi." Elle a regardé son père dans les yeux et a redressé ses épaules : "Je veux voir ce que ça fait de faire de grands choix dans ma vie, pour le meilleur ou pour le pire, et savoir que j'ai toujours une maison et un revenu si ça ne marche pas. ". Elle sourit en coin : " Soixante-quinze pour cent des premières entreprises échouent, mais j'aimerais vraiment essayer. Je ne voyagerai pas seule ; mon assistante sociale viendra avec moi, j'en suis sûre si je la mets au courant de tout."

" Donc , en substance, " Paul sourit narquoisement, " Il s'agit plus de moi qui m'occupe de votre mère que de conseils commerciaux. " Susan rougit profondément et se mordit la lèvre. "Eh bien, en tant que ton père, je suis fier que tu aies grandi pour devenir une jeune femme intelligente et réfléchie, et j'aiderai ta mère autant que je peux, mais nous savons tous les deux comment elle réagira aux absences prolongées, surtout après ce qui s'est passé en Italie." Susan grimaça et hocha la tête en ouvrant la bouche pour parler, mais il leva la main pour la calmer.

"En tant qu'avocat, cependant, je vous mets en garde contre toute prise de décision irréfléchie et je vous conseille que toutes les transactions commerciales de nature personnelle, en dehors de l'entreprise, où vos intérêts sont entre les mains sûres d'Alan et Andrew, passent par moi. n'est pas négociable Susan , Paul la fixa d'un regard sévère et dit : "Aucun homme d'affaires n'agirait sans l'avis d'un avocat."

"Je comprends," sourit Susan.

"Bien, maintenant je vais investir les dividendes que vous gagnez dans des obligations d'investissement à court terme , disons six à douze mois. Cela vous donnera suffisamment de temps pour voyager et explorer toutes vos options," Paul avait l'air professionnel en tapant sur son ordinateur. "Douze mois seraient préférables pour garantir que vous disposez d'un capital suffisant sans toucher au montant plus important déjà investi dans des investissements à long terme."

"Merci papa, et merci de ne pas m'avoir traité comme un oiseau blessé tout à l'heure. Je vais vraiment bien. J'aimerais juste que tout le monde arrête de marcher sur des coquilles d'œufs autour de moi. C'était horrible, et je sursaute toujours aux bruits forts mais je vais bien. et je suis prête à recommencer à vivre", a déclaré Susan avec conviction.

"Qui essayez-vous de convaincre, moi ou vous-même ?" Paul rit et contourna le bureau. "Nous ferions mieux d'y aller ou ta mère sera grincheuse parce que nous avons gâché le repas. Fais-moi une faveur ?" Paul regarda Susan hocher la tête. "Mangez autant que vous le pouvez et buvez beaucoup, elle sera plus facile à convaincre si vous ne continuez pas à vous affamer."

Susan rit et accepta. Paul n'aurait pas dû s'inquiéter que Susan ait faim et la nourriture, comme d'habitude, était excellente. Elle se sentait vraiment bien avec les décisions qu'elle avait prises au cours des dernières vingt-quatre heures et après avoir convaincu son père de son retour à un état d'esprit rationnel, il ne lui restait plus qu'à surmonter l'obstacle consistant à convaincre ses tuteurs et protecteurs, Andrew et Alan.

"Je suis désolée tout le monde; je pense que j'ai besoin de me coucher tôt", dit Susan en se levant de table alors qu'ils discutaient amicalement après le dessert qu'elle avait forcé pour faire plaisir à ses parents. Elle s'était détendue et avait laissé son verre de vin se remplir plusieurs fois au cours du repas. Elle buvait rarement beaucoup, et l'effet la faisait se sentir si délicieusement chaude et confortable que ses yeux commençaient à se baisser.

"Tu te réveilles toujours avec tes rêves ?" Caty a demandé inquiète.

"Moins souvent maintenant," sourit Susan et se dirigea vers les escaliers.

"Je pense que tu pourrais avoir besoin d'un coup de main," Gregory se déplaça à ses côtés et enroula un bras autour de sa taille. "Je reviens tout de suite", dit-il par-dessus son épaule alors qu'il guidait Susan ivre dans les escaliers.

"Tu sais que tu es très beau," dit-elle en regardant le grand homme imposant qui la soutenait alors qu'ils atteignaient le haut des escaliers, "J'aurais aimé que tu sois là quand je faisais des aventures d'un soir . Tu ne serais pas parti moi high et sec , j'en suis sûr. La vanille est une saveur vraiment dégueulasse maintenant, et je l'adorais. C'est drôle, tu ne trouves pas ?" Susan parla totalement inconsciente de l'expression d'horreur sur le visage de Gregory.

"Vous avez dragué des hommes ? Dans les bars ?" il y avait de l'incrédulité dans sa voix.

"Ouais, ça semblait être une bonne idée à l'époque," dit-elle d'un air endormi, "Mec les baise tous. Cassandra m'a expliqué que la vanille ne me satisferait plus jamais. Puis Barry et Cinthia sont venus avec leur idée, et j'ai pensé que diable, là Il doit y avoir au moins un dominant qui ne me traitera pas comme un oiseau fragile avec une aile cassée et ne me donnera pas ce dont j'ai besoin. »

"Va dormir," grogna Gregory, retenant son humeur, lui faisant rouvrir les yeux pour le regarder.

"Je suis fatigué de la pitié dans les yeux de tout le monde et des coquilles d'œufs sur lesquelles tout le monde marche autour de moi. Je ne peux pas être mis sur une étagère comme un jouet cassé. Vous avez bien compris ?" Elle avait l'air d'essayer désespérément de le convaincre, et il fut choqué par ses paroles : "J'aimais Robert mais il est parti, il m'a quitté, je veux ressentir à nouveau quelque chose, savoir ce plaisir intense qu'il m'a encore donné, ça n'a pas besoin d'être de l'amour, juste quelqu'un qui peut me foutre la cervelle comme il l'a fait." Elle rigola à ses propres paroles grossières et se couvrit la bouche.

"Dors Susan," Gregory lui caressa les cheveux en la regardant fermer les yeux.

"Tu es très beau," murmura-t-elle d'un ton endormi, "Je parie que tu pourrais bouleverser mon monde."

Gregory ne dit rien mais attendit que sa respiration se transforme en rythme profond de sommeil avant de quitter la pièce. Il entra dans la cuisine où Caty et Paul faisaient le ménage avec le sourire. "En général, elle ne boit pas beaucoup, n'est-ce pas", dit-il avec un petit rire.

"Non, mais le vin rouge est bon pour le corps, demandez à n'importe quel médecin", a déclaré Caty. "C'était bien de la voir si détendue et heureuse. As-tu vu qu'elle a mangé toute l'assiette de pâtes et de desserts ? Je pense que nous pourrions récupérer notre fille de ses jours sombres," Caty serra impulsivement Paul dans ses bras, les yeux embués encore une fois.

"Maintenant, maintenant, mon amour, ne mettons pas notre invité mal à l'aise," Paul embrassa sa femme.

" En fait , je pensais juste à quel point je me sentais à l'aise ici depuis notre arrivée. Les légendes de votre hospitalité sont toutes vraies, je suis heureux de vous l'annoncer, " sourit Gregory au couple.

" Eh bien , je vais vous laisser faire des choses viriles et vous coucher tôt aussi", Caty s'essuya les mains avec un torchon et embrassa son mari pour lui souhaiter une bonne nuit. "Dors bien, Gregory", elle l'embrassa brièvement et monta les escaliers également. .

"Tu veux voir ce que j'ai offert à Susan pour son anniversaire ?" » demanda Paul avec un sourire malicieux.

"Je ne savais pas qu'elle fêterait son anniversaire bientôt", a admis Steven, "Mais continuez, je suis curieux, c'est sûr."

Les hommes se sont rendus au garage où Paul a fièrement dévoilé un roadster Nash Healy. Le temps a passé rapidement après cela, alors que Gregory, passionné de voitures, posait à Paul des questions et se salissait les mains en bricolant le moteur. Un cri aigu déchira l'air, et Paul jura en secouant la tête et en tendant le bras pour empêcher Gregory de retourner en courant vers la maison.

"Elle fait des cauchemars à propos de la fusillade", dit-il tristement. "Nous ferions mieux de finir ici même si elle viendra chercher de la compagnie si les lumières sont toujours allumées."

Gregory grogna et se lava avant d'aider Paul avec la housse de voiture. Ils retournaient à la maison lorsque Susan apparut dans la cour arrière. "Je suis un oiseau de nuit; je peux tenir compagnie à Susan si tu veux aller te coucher", proposa Gregory.

"Très bien," acquiesça Paul. "Il y a toute une gamme de films là-dedans si vous voulez en regarder un." Il serra Susan dans ses bras. "Pourquoi n'en choisis-tu pas un pour lui, tu peux regarder jusqu'à ce que tu te rendormes."

"D'accord papa," murmura Susan endormie et retourna dans la maison suivie par les deux hommes.

Gregory s'assit sur le canapé pendant que Susan sélectionnait un film. Le générique d'ouverture commença à rouler et il la vit se diriger vers l'un des fauteuils inclinables. "Viens t'asseoir avec moi, petite," Gregory ne lui laissa pas le choix avec le ton de voix qu'il utilisait. Si elle voulait que les gens recommencent à la traiter normalement, cela lui convenait parfaitement. Il aimait beaucoup l'air de surprise sur son visage alors qu'elle se tournait momentanément pour le regarder avant de se diriger vers le canapé sur lequel il était assis.

Lui souriant, il jeta un coussin sur le sol à côté de ses pieds et lui indiqua qu'elle devait s'asseoir là. Il regarda le mélange d'émotions jouer sur son visage alors qu'elle s'agenouillait sur le coussin, lui tournant le dos face à l'écran alors que le film commençait. Gregory tendit la main et joua avec ses cheveux en murmurant "Bonne fille". Il la regarda se détendre sous ses douces caresses et prit à peine note du film alors qu'il rejouait ses paroles plus tôt. La tutelle possessive d'Andrew était la seule chose qui l'empêchait de la discipliner pour son comportement imprudent, mais peut-être qu'il disciplinerait la vieille fille après tout pour l'avoir toléré.

Susan commença à s'affaisser et se pencha sur sa jambe alors qu'elle s'endormit, posant finalement sa tête sur sa cuisse. En éteignant la télévision, Gregory porta Susan à l'étage et la remit au lit avant de se diriger vers sa propre chambre. Il n'avait jamais vraiment compris l'attirance de Robert pour la jeune fille ; elle a toujours semblé si petite et fragile à Gregory qui, mesurant six pieds six pouces et étant également large, la dominait en taille et en force. Après avoir passé plusieurs jours avec elle au cours du mois dernier, elle était à la maison sur la plage et la voyant avec sa famille à la maison, il dut admettre l'attrait de son apparente vulnérabilité qui masquait une jeune femme forte et intelligente. Pour la deuxième fois ce soir-là, il reconnut qu'elle n'était pas la fille typique qui fréquentait le club.

*****

Ils étaient partis le lendemain après le déjeuner et étaient rentrés en ville chargés de macarons pour Andrew et Alan, ainsi que pour eux-mêmes. Plus ils se rapprochaient de la maison , plus Susan se sentait mal à l'aise et commençait à s'agiter. Gregory brisa le long silence qui s'était installé sur eux après qu'ils eurent manqué de plaisanteries sur sa famille et la nourriture. Inquiet, teinté de la colère latente qu'il ressentait, il confronta Susan avec ses paroles de la veille.

"Comment as-tu pu être si imprudente, Susan," demanda-t-il finalement, "Des aventures d'un soir ? Sérieusement, tu pensais que c'était une bonne idée ?"

Susan déglutit. "J'avais espéré avoir rêvé de te dire ça. S'il te plaît, ne le dis pas à Maître Andrew. Si tu es aussi en colère, il ne sera que dix fois pire."

"Je ne le ferai pas," rétorqua Gregory, "Mais tu le feras. Si tu étais l'une des filles dont je suis responsable, tu aurais déjà été punie. Je laisse ça à Andrew. Tu lui diras ce que tu as dit . moi hier soir, tout ça ! Est-ce que je suis clair ?

"Oui, Sir Gregory," murmura Susan, sentant les larmes lui monter aux yeux.

"Est-ce que Robert ne t'a rien appris sur la sécurité personnelle ? Sur le fait de parler quand tu as des besoins ? Comment as-tu pu être aussi imprudent ?" Il se répéta.

"Personne ne voulait me toucher ou me parler correctement. Tout le monde me regardait avec pitié ou avec son propre chagrin. Ils étaient tous trop inquiets que je m'effondre à nouveau pour vraiment écouter quand je disais que je ne voulais pas vivre dans cet appartement que je ne voulais plus être dans son bureau. Ils m'ont transféré dans le bureau qui avait exactement le même aspect et dans un appartement qui était le jumeau de celui que j'avais quitté !" des larmes coulèrent sur ses joues, "C'était plus facile de partir," elle étouffa un sanglot d'apitoiement sur elle-même.

Gregory resta silencieux en prenant en compte ses paroles et en réalisant à quel point il avait dû être difficile de dire ce dont elle avait besoin et de le faire mal gérer de cette manière. "Dites-lui simplement ce que vous m'avez dit de la façon dont vous l'avez dit," grogna-t-il. Il n'était pas sûr d'être toujours en colère contre elle ou contre lui-même pour ne pas avoir remarqué sa déception et sa tristesse lorsqu'ils ont déménagé son appartement dans celui à côté de celui d'Andrew. . "Vous pouvez laisser de côté la partie sur ma beauté", a déclaré Gregory avec un visage parfaitement impassible, la faisant haleter et rougir profondément.

Ils restèrent silencieux chacun perdu dans leurs propres pensées jusqu'à ce qu'il se gare dans le parking du club et de sa maison. "Soyez courageux, petit, soyez honnête et donnez une explication complète. Je crois que vous avez le courage d'être assez fort pour en parler avec Andrew et gagner la dispute," dit doucement Gregory.

"Pourquoi penseriez-vous que?" Susan se tourna pour lui faire face dans la voiture.

"Robert me l'a dit, et c'était un homme difficile à impressionner", sourit Gregory.

Ils sortirent de la voiture et se dirigèrent vers les ascenseurs. Susan sentit son estomac se serrer en pensant à ce qu'elle avait besoin d'avouer et de dire à Andrew. Tout semblait tellement plus facile quand elle était à la plage mais ici, dans cet endroit où elle avait appris à obéir et à accepter, toute la confiance qu'elle avait eue quant au retour et à la reconstruction des morceaux de sa vie semblait disparaître devant elle.

Le trajet en ascenseur alla trop vite et elle se retrouva dans son propre appartement. C'était difficile d'être ici et de ne pas penser à Robert, et d'être bouleversé par la tournure cruelle que sa vie avait prise et en colère contre lui. La colère bouillonnait en elle et elle durcit sa détermination à apporter les changements dont elle avait besoin ou à s'en aller pour de bon.

Gregory arriva quelques minutes plus tard, suivi d'Andrew, et Susan se leva pour leur faire face. "Bienvenue, Susan. Tu as l'air bien," sourit Andrew et réduisit la distance entre eux pour l'embrasser sur la joue et fouiller ses yeux.

"Bonjour Maître Andrew, merci," sourit-elle en retour, "Avez-vous un peu de temps, peut-être que nous pourrions parler... s'il vous plaît ?"

"Bien sûr, j'ai libéré mon emploi du temps lorsque Gregory a appelé et m'a dit que tu revenais. Comment vas-tu vraiment ?" L'inquiétude était évidente dans sa voix et son visage, et elle pouvait voir la pitié dans ses yeux qui ne faisait qu'alimenter la colère qu'elle ressentait face à toute la situation. Elle s'éloigna de lui et prit une profonde inspiration.

« Pourrions-nous simplement parler en tant qu'amis, pas en tant que Gardien et pupille, ni en tant que Maître et esclave, ni en aucune de ces étiquettes, mais en tant que personnes, voire amis ? Susan a essayé d'exprimer son besoin de le rencontrer sur un pied d'égalité sans craindre les conséquences.

"Cela semble sérieux," remarqua Andrew, "Tu peux nous laisser Gregory," Andrew se dirigea vers la table à manger et s'assit plutôt que de prendre sa place dans le confortable fauteuil du salon.

"Peut-être qu'il devrait rester," dit doucement Susan, "Tu n'aimeras peut-être pas ce que j'ai à dire." Andrew haussa un sourcil et hocha la tête.

"Je vais rester dehors dans le couloir," l'interrompit Gregory à ce moment-là, "Je pense qu'il est préférable que vous en parliez tous les deux." Il se retourna sans attendre leur réaction et partit en fermant doucement la porte derrière lui.

Intrigué maintenant, Andrew regarda Susan. "Je me suis un peu saoulée hier soir et j'ai partagé certaines choses que j'aurais aimé ne pas avoir fait", gémit-elle. "Ce serait probablement mieux si personne ne le savait mais nous y sommes et si je ne te dis pas la vérité..." elle regarda vers la porte que Gregory se tenait de l'autre côté.

"Tu ne bois pas habituellement , n'est-ce pas ?" Andrew pencha la tête, confus.

"Non," elle secoua la tête, "Il y avait des raisons mais je vais commencer par le début." Une fois de plus , elle prit une profonde inspiration et Andrew s'adossa à sa chaise, prêt à la laisser dire ce dont elle avait besoin.

Susan a raconté son séjour dans sa « cabane », son imprudence à chercher des aventures d'un soir juste pour ressentir à nouveau quelque chose. Elle a expliqué à sa question que Cassandra avait finalement découvert qu'il était plus facile d'assurer sa sécurité plutôt que de la laisser s'échapper de la cabane sans aucun avertissement. Elle a admis qu'elle avait pensé que c'était une perte de temps jusqu'à ce que Cassandra lui explique la leçon qu'elle n'aurait pas dû avoir à apprendre. Cette vanille ne lui procurait plus aucun plaisir.

Prenant son temps , elle expliqua ensuite la visite de Barry et Cinthia et leur proposition concernant la formation que Robert avait mise en place. Enfin, elle a parlé de ses propres sentiments sur la façon dont cela pourrait fonctionner maintenant et s'il pouvait l'aider. Parmi toutes les informations qu'elle lui a données, elle a parlé de la façon dont elle se sentait maintenant comme une lépreuse, intouchable et fragile, comme un jouet cassé sur une étagère haute que les gens tendent la main pour prendre, mais ils se souviennent qu'il est cassé et s'en vont.

Susan avait remarqué que la mâchoire d'Andrew se serrait et que ses mains se transformaient en poings à plusieurs moments de son histoire lorsqu'il l'interrompait pour poser une question , mais il était resté calme pendant tout l'échange. "Il y a plus", dit-elle doucement.

"Alors dis-moi tout," dit Andrew sans aucune émotion et il se laissa de nouveau tomber sur sa chaise. Susan a exposé son idée d'une nouvelle entreprise qu'elle pourrait posséder et gérer sous la bannière de l'entreprise et son idée de voyager pour inspecter des entreprises et des fabricants partageant les mêmes idées. Enfin, elle a parlé de son besoin de trouver un nouveau logement.

"Tout cela appartenait à Robert, pas vraiment à moi et si jamais je veux trouver un peu de paix face aux cauchemars et à la culpabilité qui me tourmentent , je ne peux pas être ici ou dans ce bureau. S'il vous plaît, dites-moi que vous comprenez..." Il y avait du désespoir dans La voix de Suzanne. Cela n'échappait pas à Andrew qui tenait profondément à la jeune fille, mais il lui semblait que ses projets n'étaient qu'une autre façon de fuir et de se cacher de la réalité à laquelle elle devait faire face.

"C'est tout," demanda-t-il doucement. Susan hocha la tête, troublée par le fait qu'Andrew ne montrait toujours aucune expression sur son visage ou dans sa voix. Il se leva brusquement et fit le tour de la table, la soulevant et la serrant contre lui. Il ne dit rien alors qu'il se dirigeait vers la grande chaise confortable et s'asseyait avec elle sur ses genoux, tournant son visage vers le sien.

"Mon besoin d'être laissé à mon propre chagrin quand Kitty est mort était si fort que je t'ai laissé la liberté d'aller et de faire ce que tu voulais. Il ne m'est pas venu à l'esprit que tu avais besoin de quelque chose de différent et cela aurait probablement dû." Il maintint son regard pendant qu'il parlait, "Je ne pourrais jamais être en colère contre toi parce que tu dis la vérité, c'est quelque chose que j'apprécie beaucoup." Il sourit et l'embrassa sur le front. "Que dirais-tu de donner une pause à beau là-bas et de le laisser aller prendre une bière."

Susan rit doucement et hocha la tête en glissant de ses genoux et en se levant. Andrew se leva et se dirigea vers la porte en l'ouvrant grand pour trouver Gregory appuyé contre le mur du hall. "Hé mon beau," rigola Andrew, "Nous sommes tous d'accord, il suffit de peaufiner certains des détails les plus fins si tu veux aller prendre une bière et vérifier celle de ton protégé."

"Ne me déteste pas parce que je suis belle", rigola Gregory en retour après avoir remarqué le sourire de Susan et réalisé qu'elle était plutôt heureuse de la façon dont les choses se passaient. Il appuya sur le bouton de l'ascenseur et regarda Andrew et Susan rentrer à l'appartement.

"Je pense que nous devrions suspendre le changement d'appartement pendant un certain temps. Je préférerais que tu sois à proximité et si tu réussis avec ton travail et ta formation , je doute que tu sois souvent ici, à cause de la proximité," semblait-il considérer. elle pendant un moment. « Je ferai la concession de la redécoration et demanderai à Anne de vous aider avec une nouvelle garde-robe adaptée une fois que vos plans seront en place, d'accord ?

Susan était d'accord ; elle aimait l'idée de faire du shopping avec Anne, elle avait été une très bonne amie et Susan l'avait mal traitée dans son chagrin. "Je m'attends à ce qu'on puisse dire la même chose de mon bureau au travail, même si j'aimerais quelque chose de plus petit", a ajouté Susan à la discussion.

"Nous pouvons organiser une réunion avec Alan demain, il faudra qu'il soit d'accord, toutes les affaires. Je n'aime tout simplement pas ça, et il fait tout si bien. L'entreprise a à peine raté un rythme après l'annonce de la mort de Robert. les chroniques économiques, entièrement grâce à la diligence et au leadership d'Alan", Andrew a attribué tout le mérite à ce qui était dû. Susan hocha la tête et laissa l'idée qu'elle en avait fermenter un peu plus longtemps.

"La formation et le besoin que vous avez exprimé de ressentir à nouveau ne sont peut-être pas si simples," dit doucement Andrew et Susan se sentit dégonflée alors qu'une autre de ses demandes était sur le point d'être compromise. "Ne fais pas la moue," sa voix se durcit et il expliqua plus loin. "C'est exactement ce que je veux dire. Tu te souviens combien de temps il t'a fallu pour faire confiance à Robert ?" il lui releva le menton et la regarda dans les yeux. " Et bien, et toi ? " il a exigé une réponse.

"C'était différent, je ne connaissais rien du tout au style de vie", rétorqua-t-elle puis se mordit la lèvre en regrettant sa réplique.

frontière est mince entre l'entraînement pur et le fait d'être formé par quelqu'un de spécial en qui vous avez implicitement confiance pour prendre soin de vous. Le lien est différent mais comme dans votre relation avec Robert, la confiance est la clé de la sécurité et du plaisir pour chacun de vous, dominant et soumis. Pourriez-vous faire confiance à un inconnu virtuel juste sur ma parole ? Sur la parole de Barry ? il fit une pause et la laissa réfléchir à ses paroles.

"Je vais réunir les parties prenantes et soumettre votre demande d'accès à la formation que Robert avait commencé à organiser pour vous, si..." il fit une pause pour qu'elle sache que ce n'était pas négociable, "Si vous pouvez montrer votre obéissance et votre confiance en quelqu'un , je choisissez de vous entraîner pendant une semaine. Vous devez être sûr que moi et chacun des hommes à qui vous demandez une formation vous protégerons de tout danger, qu'ils vous entraînent eux-mêmes ou qu'ils choisissent quelqu'un pour le faire à leur place. Si vous ne pouvez pas le faire que tous les plans et modifications d'horaires que les Masters pourraient faire pour vous accommoder ne serviront à rien et vous rapporteront une mauvaise réputation. Vous devez montrer votre volonté de vous engager dans le programme en me faisant confiance pour choisir votre premier entraîneur.

Elle pouvait voir la logique de ses paroles et accepta ; c'était ce qu'elle voulait après tout et ce n'était que la prochaine étape du voyage qu'elle avait commencé en acceptant le collier de Robert. Elle savait alors, comme elle le savait maintenant, qu'elle voulait explorer davantage ce monde, et elle faisait confiance à Andrew ; c'est pourquoi elle lui avait parlé de tout contre l'avis de Cinthia.

"Je comprends et ce que tu dis a du sens," se mordit-elle la lèvre pensivement. "Tu ne m'entraîneras pas toi-même ?"

"Mon propre chagrin est encore trop vif. La découverte de Lucifer m'a finalement permis de mettre un terme aux derniers bouts déliés et de mettre enfin au repos ma bien-aimée, Kitty," Andrew lui fit un demi-sourire. "C'est mieux ainsi."

"Alors je te fais confiance pour choisir le premier entraîneur, et je promets d'essayer de te rendre fier," dit sincèrement Susan.

"Bien et voici ce que je vais faire. Je fixerai un rendez-vous pour demain après-midi pour parler avec Alan de votre carrière et de votre situation au sein de l'entreprise. Je rechercherai la disponibilité des parties prenantes pour une réunion en début de semaine prochaine. Vous croyez que j'ai toujours à cœur vos meilleurs intérêts et allez vous changer en quelque chose de sexy, pensez "Suckerpunch" sexy, je reviendrai vous chercher dans trente minutes. Nous irons au club; la trêve pour l'amitié et la conversation franche est fini, et vous vous souviendrez de votre place à partir de ce moment-là," dit Andrew fermement, mettant fin à leurs discussions. "Tu auras confiance que je tiens à toi et que je t'aime comme le mien et que je me parlerai toujours comme tu l'as fait ce soir, il n'y avait pas besoin de trêve."

Susan a été prise par surprise, mais après s'être plainte d'avoir été placée sur une étagère comme un jouet cassé, elle n'a pas contesté. Au lieu de cela, elle a glissé du canapé jusqu'à ses genoux sur le sol et a répondu doucement : « Oui, Maître.

Il hocha la tête et se tourna, la laissant se préparer. Elle vérifia sa montre et alla rapidement se nettoyer et se changer.

Au moment où Andrew revint, Susan avait l'air fraîche et, dans son esprit, suffisamment sexy pour rendre Robert fier. Il avait toujours choisi tous ses vêtements, sa nourriture et tout, tel était son besoin de contrôler sa vie. Livrée à elle-même avec pour seul titre de référence un titre de film, elle se retrouve en proie à l'indécision. Il y avait tellement de choses dans la vaste garde-robe qu'elle n'avait jamais vue auparavant qu'elle a finalement choisi une tenue en cuir. Robert avait adoré l'odeur et la sensation du cuir et avait inspiré une attirance érotique à Susan.

Elle était trop maigre, elle était d'accord avec les récents commentaires ; la douce courbe ronde de ses hanches était maintenant anguleuse et osseuse, et la courte jupe plissée en cuir y pendait légèrement en angle. Elle pouvait presque compter ses côtes et les couvrit d'un gilet en cuir fin et serré. Des bretelles et des bas de cuisse apparaissaient au-dessus d'une paire de bottes noires brillantes jusqu'aux genoux avec de mauvais talons, et elle a noué une ample écharpe rayée rouge et noire autour de son décolleté. Elle a décidé de mieux prendre soin d'elle qu'elle ne l'avait été en se maquillant le visage avec un maquillage saisissant.

Elle se dirigea vers le salon et s'agenouilla en fermant les yeux ; Andrew avait raison, elle ne savait pas comment elle réagirait si elle était commandée par un autre , mais c'était quelque chose qu'elle devait faire, elle le voulait et plus encore, elle savait qu'elle en avait besoin.

Susan entendit la porte s'ouvrir et leva la tête, durcissant cette petite partie de son cœur qui souffrait de Robert. Elle était déterminée à prouver qu'elle était aussi prête à réintégrer ce monde qu'elle l'avait prétendu plus tôt. Andrew se dirigea vers elle et s'assit à nouveau dans le fauteuil confortable.

"Je suis sûr que Robert vous a dit que tous les membres du club ne sont pas dignes de confiance ou respectueux des biens des autres hommes. Même si le collier que vous portez encore vous rapportera un certain élément de respect et de sécurité au sein du club, il vous rend également très désirable. " Si vous envisagez sérieusement de réintégrer le club et le monde qu'il abrite, vous devez le retirer maintenant, " dit doucement Andrew.

"Je comprends Maître," répondit Susan d'une voix ferme mais ses mains tremblaient alors qu'elle luttait pour défaire le fermoir de la belle chaîne qu'elle n'avait pas enlevée depuis sa mort. Andrew ne l'a pas aidée mais s'est plutôt assis et a regardé tristement, sachant que c'était quelque chose qu'elle devait faire pour elle-même. Avec détermination, elle l'enleva et le lui tendit.

"C'est à toi et ce sera toujours à toi, Susan. Personne ne peut te l'enlever," la voix d'Andrew était peinée. Il sortit une boîte de sa poche. Cette chaîne offrira ma protection au sein du club et celle de tous ceux qui choisiront de vous la donner parmi nos amis. Il va sans dire que vous bénéficiez également de la protection d'Alan. " Andrew leva une chaîne en corde torsadée et lui montra comment faire fonctionner le mécanisme de verrouillage cylindrique compliqué et les petits mots gravés dessus. " Protégé : MA.MA. "

"Acceptez-vous ?" » demanda Andrew, et Susan hocha la tête, incapable de parler immédiatement. Elle releva ses cheveux pour accepter le nouveau collier après avoir déposé le collier qu'elle avait retiré dans la boîte.

"Oui, Maître. C'est magnifique, vous êtes vraiment vraiment talentueux", sourit-elle même si intérieurement elle se sentait gâchée.

"Mettez ça dans un endroit sûr et venez, j'ai quelque chose à vous montrer," sourit Andrew d'un ton encourageant.

*****

"Les plans pour cela," Andrew agita le bras en désignant le repaire rénové du club, "étaient en place avant que vous et Robert ne partiez pour l'Italie."

Susan regarda la pièce autour d'elle et nota les différences. Il avait toujours le charme opulent du vieux monde et la décadence du reste du club, mais avec une palette de couleurs plus fraîches et des meubles anciens différents. Alors que ses yeux regardaient par-dessus le mur du fond, elle haleta. Le portrait photo qui y était toujours accroché a été remplacé par des peintures à l'huile.

Une grande scène inspirée de la Cène représentait toutes les parties prenantes, y compris elle-même agenouillée aux côtés de Robert, assis en bout de table, et Kitty agenouillée à côté d'Andrew à l'autre bout. Le reste de la table était rempli d'hommes et d'une autre femme qui semblait être la seule personne qu'elle ne reconnaissait pas. De chaque côté se trouvaient deux portraits plus petits, l'un d'Andrew et Kitty, l'autre de Robert et d'elle-même. Il y en avait de belles, et elle sentit son cœur manquer un battement. "Merde , Robert. Pourquoi as-tu dû me quitter si tôt," murmura-t-elle avec colère plutôt que tristesse.

"Je voulais que tu le voies pour la première fois sans personne d'autre. Pour que tu ne sois pas pris par surprise", Andrew s'était attendu à des larmes et non à la colère qui émanait de la jeune femme.

"Merci, Maître," Susan sembla se calmer rapidement après son choc initial. "Ils sont d'une beauté à couper le souffle. L'artiste a si bien capturé l'image de chacun."

"Je dois dire que je suis moi-même très impressionné par eux", sourit Andrew.

"Viens, Susan," Andrew montra une chaise près de son bureau. Nos invités arriveront bientôt, mais il y a encore un problème dont nous devons d'abord discuter. » Il attendit qu'elle soit assise avant de reprendre la parole. « Gregory vit selon un code de conduite très strict. C'est pourquoi il est si bon dans son travail de manager du club. Il assure le bien-être de toutes les filles ici, mais aussi le respect de ce code et le maintien des membres ici à ce niveau élevé s'ils souhaitent conserver leur adhésion garantit doublement leur sécurité et l'atmosphère d'acceptation ici. Il a été encadré par Robert en tant que Maître, et il est l'un des meilleurs qui soit", a ajouté Andrew au cas où Susan ne l'aurait pas su.

"Dois-je alors appeler Gregory Maître ?" elle se mordit la lèvre en se demandant si elle l'avait offensé en l'appelant Sir Gregory mais elle était sûre qu'on lui avait dit que c'était son titre.

"Non, il préfère Monsieur. Il s'intéresse vivement à l'époque médiévale et au code de chevalerie des chevaliers," rit Andrew. "Le fait est qu'il estime que vous devez être discipliné pour votre imprudence à rechercher le plaisir d'un étranger, et je dois admettre que c'est une chose très dangereuse à faire pour un soumis. Il y a de vrais porcs, des voyous et des ordures là-bas qui brisera le bras d'une fille pour le frisson que cela leur procure qu'elle ait donné son consentement à ses abus, l'enlèvement et la torture d'un jeune soumis arrivent trop souvent. Susan haleta et il vit dans ses yeux écarquillés d'incrédulité que ces pensées ne lui étaient jamais venues à l'esprit.

"Comme je le pensais," acquiesça-t-il. "Grégoire blâme Cassandra, qu'il punira lui-même. Je lui ai plutôt demandé de t'éduquer sur ton imprudence. Il n'en était pas content, alors j'ai besoin que tu ailles vers lui, que tu lui exprimes tes regrets et que tu le convainques que tu comprends maintenant comment vos actions étaient dangereuses et que vous accepterez sa protection et sa discipline au sein du club si jamais vous étiez ici sans Maître à vos côtés, ou si vous manifestiez à nouveau un comportement imprudent, "Andrew était ferme mais lui demanda plutôt que de lui commander, la forçant à choisir si d'accepter ou non cet accord.

"J'ai toujours assumé sa protection et celle des amis de Robert et du personnel de direction comme Barry," Susan s'arrêta pour réfléchir en se mordant à nouveau la lèvre. "Je ne pense pas que je serais un jour ici sans un Maître, donc je ne peux pas imaginer que cela ferait une différence si j'acceptais ou non," Susan pencha la tête, son esprit travaillant.

" Ah mais c'est vrai, pour Gregory. Son code est tel qu'il ne mettrait jamais la main sur une fille ou sur la propriété d'autrui sans l'acceptation de la fille et de son propriétaire s'il y en a un. Dans ton cas il y a moi, ton tuteur et Alan l'exécuteur testamentaire de vos avoirs commerciaux. Comme il s'agit d'une question personnelle, il m'incombe d'accepter, et je le ferai si vous êtes également d'accord, "Andrew fit une pause en attendant qu'elle parle.

"" C'est donc une acceptation formelle de ce qui est assumé, " rit doucement Susan. " Je n'ai aucun problème à accepter Sir Gregory dans la sphère des personnes qui peuvent me guider et me former dans ce style de vie. "

"N'oubliez pas qu'il était autrefois le protégé de Robert et qu'en tant que tel, il peut être dur et sadique, mais il est également très juste et ne vous disciplinerait pas indûment", Andrew déterminé à préciser exactement ce qu'elle acceptait.

"Tu as laissé de côté le beau," sourit Susan, pas du tout dérangée par sa description.

Andrew secoua la tête et se leva en lui tendant la main. "Allons le voir alors."

Tout comme l'antre des propriétaires, le bureau du manager, bien que plus petit, occupait une position tout aussi centrale au sein du club, ayant des portes donnant à la fois sur le hall et sur le restaurant. Ils traversèrent le hall et entrèrent dans le plus petit bureau où Gregory était assis à son bureau comme s'il les attendait. L'une des filles de la réception passa un petit mot à Andrew alors qu'il la passait. En le lisant rapidement, il sourit largement.

"J'ai besoin d'aller voir quelqu'un. Je te laisse à tes discussions. Envoie-la au restaurant quand tu auras fini," dit facilement Andrew en quittant la pièce.

Gregory se leva et s'approcha d'elle, la dominant, il grogna, "Tu as quelque chose à dire ?"

Susan déglutit bruyamment et lorsqu'elle ouvrit la bouche, à peine un murmure sortit : "Je suis désolée, Sir Gregory, je n'ai pas réalisé l'étendue de mon imprudence, et je le fais maintenant."

"Vraiment ? Vraiment ?" sa main se leva et entoura sa gorge. "Sais-tu à quel point il serait facile pour un homme comme moi de te briser comme une brindille ? De te retenir contre ta volonté et de faire de toi mon jouet de baise personnel ?"

"Oui, Sir Gregory," couina-t-elle mais trouva ses mots à la fois terrifiants et excitants.

"Regarde-toi," ses yeux tombèrent sur ses mamelons durcis clairement visibles à travers le décolleté ouvert et le cuir fin du gilet. "Tu es une salope tellement sexy que n'importe qui avec un demi-esprit pourrait abuser de toi, et tu lui en serais reconnaissant," il laissa tomber sa main et s'éloigna. Il essaya de contenir l'élément de dégoût à peine dissimulé dans sa voix, mais en vérité, son plaisir évident à ce qu'on lui parle de cette façon lui plaisait, et il voyait en elle quelque chose qu'il voyait rarement chez les soumis qu'il côtoyait quotidiennement .

"Je laisse à Andrew le soin de vous éduquer cette fois comme convenu," cracha-t-il presque en se tournant pour la regarder à nouveau. "La prochaine fois que j'aurai l'impression que vous vous êtes mis en danger de manière imprudente ou que vous avez pris trop de risques à la demande d'un autre sans utiliser votre mot de sécurité, ce sera moi qui déciderai de la punition, vous comprenez ?"

"Oui, Sir Gregory. J'accepte que c'est maintenant votre droit en tant que protecteur," Susan baissa les yeux vers le sol.

"En effet," il jeta un coussin sur le sol et s'assit sur la chaise à côté, indiquant qu'elle devait s'agenouiller. "J'aimerais être impliqué dans votre plan de formation. Pour vous surveiller et m'assurer que les codes de conduite sont respectés par ceux qui sont choisis pour vous former, d'accord ?"

"Oui, Sir Gregory," Susan était abasourdie par sa demande mais elle n'y voyait pas de mal tant qu'il n'intervenait pas si tout allait bien.

"Barry et moi partageons une grande partie de la charge de gérer ce club et votre protection fera également partie de cette charge. Si je ne suis pas disponible, vous demanderez sa protection," Gregory regarda la petite fille qui se mordit la lèvre en pensant et en pause ? "Il n'y a pas lieu de nous craindre, mais que se passera-t-il si vous ne recherchez pas de protection lorsque vous en avez besoin, comprenez-vous ?"

"Oui, Sir Gregory. Je sais que vous et… euh, Barry est-il un Monsieur ou un Maître ?" » elle pencha la tête d'un air interrogateur.

"L'un ou l'autre, bien que Monsieur le fasse pour l'instant, à moins qu'il ne vous dise le contraire," répondit Gregory.

"Merci, je sais que vous êtes tous les deux respectés et appréciés par Andrew et que Robert comptait beaucoup sur vous. J'ai vu la bonne volonté que vous recevez de tous les membres et soumis. Je ferai de mon mieux pour ne plus encourir de punitions ou faire en sorte que charge que vous portez ici plus lourde, " dit-elle doucement.

"Nous ne serons pas vos entraîneurs mais nous serons là pour vous protéger si vous en avez besoin. Je mettrai nos numéros dans votre téléphone, est-ce qu'Andrew l' a?" Elle secoua la tête et il fronça les sourcils. "Tu dois toujours avoir ton téléphone sur toi. J'en parlerai à Andrew. Tu es encore nouveau dans ce monde, et c'est de sa faute. Une fois que ton entraînement aura commencé, il y aura n'ayez aucune excuse," sourit-il d'un air menaçant, "et dans mon esprit, vous avez déjà deux coups contre vous." Robert avait toujours tout fait pour elle, elle n'avait pas eu à penser par elle-même durant leur courte relation. Cette existence qu'elle réclamait lui semblait bien plus compliquée qu'elle ne le pensait au départ.

Sa confusion luttait contre son besoin dans son esprit alors qu'une fois de plus, elle s'en prenait à Robert pour l'avoir laissée trouver sa propre voie. On frappa à la porte et Andrew entra : « Tout est terminé ?

"Je suppose," répondit Gregory.

"Bien. L'entraînement de Susan va commencer ce soir. Une vieille amie à nous vient d'arriver. Je veux que tu la ramènes par le hall dans quelques minutes, donne-moi le temps de revenir à table. Quand tu arriveras au restaurant " Entrée , je veux que vous restiez là jusqu'à ce que je vous fasse signe, " dit Andrew rapidement, comme s'il était excité.

Gregory grogna et hocha la tête en regardant Susan alors qu'Andrew quittait la pièce. Il lui offrit sa main pour l'aider à se relever avec ses talons hauts chancelants. "J'espère que tu es aussi prêt que tu le dis," murmura-t-il et plaçant sa grande main autour de sa nuque comme Robert le faisait toujours, il la guida hors de la porte dans le hall. Il salua quelques amis sans présenter Susan malgré leurs regards curieux avant de l'accompagner vers la porte du restaurant et du piano bar.

Susan entendit un homme à une table voisine s'exclamer alors qu'elle apparaissait : "Putain, maintenant, il y a un fantasme ambulant." Elle se tourna vers la table d'où venait la voix, voyant Andrew, elle sourit nerveusement. Les invités qu'il avait avec lui comprenaient Sara, James et l'homme bruyant qu'elle ne connaissait pas. "Certainement pas!" S'exclama l'homme alors qu'elle se tournait correctement vers eux.

"Vous ne pouvez pas être sérieux ! C'est la fille que vous voulez que j'entraîne pendant quelques jours ?"

Andrew vit le visage de Susan s'assombrir de doute, prenant les éloges de l'homme pour de la réticence et lui fit signe de venir. Sara s'agitait à côté de James comme si elle avait trop d'énergie pour rester assise à table. "S'il te plaît papa, s'il te plaît" gémit finalement Sara.

"D'accord, bébé mais sois doux," Sara sauta de sa chaise et faillit renverser Susan dans un énorme câlin et des baisers.

"Tu m'as tellement manqué. Je suis si contente que tu sois de retour !" Sarah la serra fort comme si elle n'avait pas l'intention de la lâcher jusqu'à ce que Gregory s'éclaircisse la gorge. "Oh caca, d'accord, d'accord, je me rassis, mais vous n'êtes pas amusant, Sir Gregory," dit-elle grossièrement en lâchant Susan.

"Eh bien, bon sang, ma belle", a déclaré le membre inconnu du groupe. Susan inspira profondément, étouffant les rires qu'elle avait eus à cause de la façon dont Sara parlait à Gregory et se tourna vers la voix. Elle a accueilli l'homme. Il portait des cuirs de motard, une barbichette très courte et des cheveux longs attachés dans une lanière de cuir. Du point de vue de Susan, il semblait être aussi grand, sinon plus, que Gregory et ses yeux s'écarquillèrent.

Andrew combla son silence stupéfait en le présentant, "Susan, voici mon amie, Wildman. Si vous êtes d'accord, il sera votre entraîneur pour cette semaine de probation. Vous l'appellerez Sire."

"C'est un plaisir de vous rencontrer, Sire," dit-elle doucement, sentant qu'elle devait faire preuve de courtoisie, avant de se tourner vers James, "et c'est toujours merveilleux de vous voir vous et Sara, Maître James." Susan se pencha pour l'embrasser sur la joue comme il le préférait en le saluant.

"Ah Susan, tu es toujours aussi magnifique," sourit James. "Tu nous as manqué. Mauvaise affaire tout ça," dit-il en reconnaissant l'éléphant dans la pièce, "Il est temps de recommencer à vivre, n'est-ce pas ?"

"Oui," acquiesça volontiers Susan. D'une manière ou d'une autre, c'était agréable que James reconnaisse la perte de Robert et son apparition ici, comme s'il acceptait qu'elle devait passer à autre chose.

"J'espère que Sara sera aussi courageuse, le moment venu," dit-il doucement en détournant son visage de Sara pendant qu'il parlait. "La vie est pour les vivants, comme on dit," sourit-il mais cela n'atteignit pas ses yeux, la faisant le regarder attentivement.

"Viens t'asseoir à côté de moi !" Sara sourit : "Nous pouvons partager le dessert !" Suzanne rit. Elle savait que cela signifiait que Sara le mangerait pour elle, mais cela ne la dérangeait pas qu'il soit bon d'être avec des gens heureux et profitant de la vie. Ou peut-être que c'était juste bien d'essayer d'en profiter elle-même.

Susan prit place entre Sara et le Wildman. Il se pencha vers elle une fois qu'elle fut assise et lui tapota la joue. "Où est mon baiser, bonjour ?" Susan rit doucement et se pencha pour poser ses lèvres sur sa joue.

"Eh bien, j'y suis. Vérifiez s'il vous plaît!" il en riant.

"Non," gémit Sara, "C'est à mon tour de dîner avec Susan et rien ne va mal cette fois !" Elle haleta et se couvrit la bouche. "Je n'étais pas censée dire ça."

"C'est bon Sara, vraiment ; je vais bien et je suis si heureuse de te voir toi et ton papa," Elle serra la femme chérubin contre elle. Elle se tourna vers Andrew. "Je n'avais pas réalisé que ce serait si tôt."

« Il n'y a rien de mieux que le présent compte tenu de votre récente insouciance. » Il haussa les épaules mais ses yeux fixèrent les siens comme pour la défier de revenir sur ce qu'elle avait accepté. "Il est évident que vous avez besoin d'une supervision bien plus grande que celle que je vous ai donnée."

"D'accord", gronda Gregory.

"Oui, Maître Andrew," dit-elle doucement en rougissant alors qu'elle baissait son regard du sien.

"Oncle Dick, dis à oncle Billy qu'il doit rester pour le dîner," gémit Sara plaintivement.

Andrew se tourna vers son ami et lui dit : « Reste dîner, oncle Billy.

"Très bien," grogna Wildman, "Mais si je suis un bon garçon, j'aurai la fille ce soir, n'est-ce pas ?" Il rit à Sara qui hocha la tête avec enthousiasme.

"Elle a rendez-vous demain après-midi, donc tant que tu l'as ici à l'heure du déjeuner pour que je puisse l'emmener, je ne vois pas pourquoi," dit Andrew en observant la réaction de Susan.

"C'est fait," acquiesça Wildman et se tourna vers Susan, "Voici ton moment pour parler, petite fille, tu es d'accord ?"

"Oui, Sire," dit-elle d'une voix plus ferme qu'elle ne le ressentait. Elle était à la fois terrifiée et excitée à cette perspective, et elle savait qu'Andrew faisait sans équivoque confiance à cet homme et qu'elle savait qu'elle garantissait sa sécurité.

"Excellent," il fouilla dans sa poche et en sortit un brassard doré. Il était très décoré d'écritures en filigrane, et il le plaça sur le haut de son bras pour le fermer. « Commandons, allons-nous ? Je suis déjà au pays des costumes et cravates depuis trop longtemps. »

"Aww oncle Billy, tu ne viens plus au club, et ils ont les meilleurs desserts maintenant que Sir Barry dirige les choses," cala Sara, "Ne sois pas si pressé, fais comme si tu étais à un costume. faire la fête!"

La conversation au dîner était animée et pleine de rires et, en écoutant , Susan a fait la connaissance de William Wilder, autrement connu sous le nom de Wildman. Il devait être son premier entraîneur dans le voyage qu'elle avait commencé dans le monde dans lequel Robert l'avait amenée, et elle était reconnaissante de ce moment pour apprendre à le connaître un peu avant leur départ. Il a roulé avec le Clarkson Knights Motorcycle Club. Ils étaient bien connus pour leur travail caritatif et il revenait tout juste d'une randonnée caritative le long de l'autoroute de la Nouvelle-Angleterre, dans la campagne de la Nouvelle-Galles du Sud. Il travaillait comme photographe et artiste indépendant, il voyageait donc constamment, mais son port d'attache était ici, en ville.

Quand le dessert est arrivé, Gregory en a mis un supplémentaire entre Susan et Sara annonçant qu'ils pourraient partager la nouvelle création de Barry mais c'était principalement pour que Susan mange la sienne. Malgré la minceur naturelle de Susan, il s'inquiétait de sa maigreur. À peine Susan eut-elle pris la dernière bouchée de son dessert que Wildman prit la parole.

" C'est vrai , j'ai été un gentleman et un bon garçon tout au long du repas mais j'ai atteint ma limite", dit-il à Andrew, "Je la ramènerai demain à l'heure du déjeuner et nous pourrons alors discuter des détails." Il souleva Susan de son siège et la jeta facilement par-dessus son épaule, lui frappant bruyamment les fesses avant de sortir du club.

Susan glapit de surprise mais ne combattit pas sa position, suspendue mollement à son épaule, elle leva la tête alors qu'ils quittaient la table et salua James et Sara, qui riaient bruyamment. Plutôt que de sortir du parking, ils sont sortis par la porte principale dans la rue, et il l'a jetée sur l'arrière de son vélo et lui a mis un casque sur la tête.

Elle s'accrochait à lui alors qu'il parcourait les rues de la ville et l'écoutait parler grâce à un système qui reliait les casques entre eux. Il n'y avait aucune douceur dans sa voix lorsqu'il lui expliqua ses règles non négociables.

"Vous m'appellerez Sire à tout moment, en public comme en privé. Vous étiez la fille de Robert, donc je n'ai aucun doute sur votre côté masochiste, mais vous le ferez, je le répète, vous utiliserez votre mot de sécurité si vous êtes bouleversé par quoi que ce soit, peu importe à quel point vous ou moi semblons être excités. Vous n'obéirez qu'à moi pendant votre temps avec moi en dehors de cette réunion de demain, tous les autres rendez-vous et absences nécessaires seront approuvés par moi seul. Nous discuterons de vos limites et des miennes également. comme ce qu'on aime et n'aime pas plus tard. Pour le moment, votre seul allié est votre mot de sécurité. Comprenez-vous ?"

"Oui, Sire," dit-elle, la peur et l'anticipation la traversant avec les vibrations du vélo.

"Bien pour ce soir, votre mot de passe sera Fruitloops," termina-t-il la conférence alors qu'ils entraient dans l'allée, la porte du garage s'ouvrant automatiquement pour eux. Il descendit du vélo et lui ôta son casque, la soulevant une fois de plus et la passant sur son épaule. Elle s'était tellement concentrée sur sa voix pendant qu'ils conduisaient qu'elle n'avait pas remarqué où ils se trouvaient, et elle fut surprise de se retrouver dans ce qui semblait être un entrepôt désaffecté.

Il monta les escaliers deux à deux, la bousculant alors qu'elle se balançait par-dessus sa large épaule, entrant finalement dans une lourde porte métallique et allumant un interrupteur. La porte se referma derrière eux alors qu'ils se dirigeaient vers le fond sombre de la pièce, et il la jeta sans ménagement au sol en grognant, "Ne bouge pas d'un pouce", il attrapa un sac sur un banc voisin et en sortit un appareil photo. , cliquant sur plusieurs plans de la fille.

Susan se figea comme un cerf dans les phares, les yeux écarquillés et clignant alors que le flash la prenait au dépourvu.

"J'ai bander depuis que tu es entré dans cet endroit ce soir," grogna Wildman, "Rampe ici comme une bonne petite salope et suce-moi la bite", s'appuya-t-il contre le banc derrière lui. Susan rassembla ses bras et ses jambes sous elle et rampa lentement et sensuellement vers lui en gardant les yeux sur son visage. "Tu as faim de bite, n'est-ce pas, une salope comme toi en a besoin tout le temps," sa voix devint plus grave et il gronda les mots alors qu'elle s'agenouillait devant lui et se penchait pour respirer l'odeur de son pantalon en cuir bien usé. frottant son visage contre son aine couverte.

Elle était consciente d'un flash qui se déclenchait alors que ses mains travaillaient sur le bouton et que la fermeture éclair enlevait le pantalon le long de ses jambes, pas surprise de l'intérieur doux et du fait qu'il ne portait pas de sous-vêtements. Elle se pencha en respirant son odeur tandis que ses mains guidaient le pantalon plus bas. Il attrapa une poignée de ses cheveux et l'éloigna de sa queue, la faisant crier de surprise plutôt que de douleur. "Défaites d'abord mes bottes, espèce de connard inutile", et la jeta presque au sol à ses pieds. Elle se ressaisit et ramena ses jambes sous elle pour s'agenouiller largement. Elle se pencha pour défaire les boucles et se délecta d'être à nouveau entourée par l'odeur du cuir et le contrôle d'un homme dominant.

Elle enleva ses bottes et ses chaussettes et avait recommencé à travailler sur son pantalon lorsqu'il les laissa tomber, la récupérant dans le processus et l'envoyant s'étaler en arrière. En plantant ses pieds bien écartés, il ricana, "Eh bien, qu'est-ce que tu attends," une fois de plus, elle se releva à quatre pattes et rampa vers lui en s'agenouillant. Elle se pencha en avant, levant la main sur ses couilles alors qu'elle baissait la tête pour embrasser le bout avec presque révérence, elle laissa sa langue sortir et tournoya autour de la tête avant de l'aspirer dans sa bouche.

Flottant sa langue sous la tête, elle l'entendit gémir et sa main se glissa dans ses cheveux, ravie de sa réaction, elle continua son rythme lent en soulevant sa bouche de sa queue et en passant sa main de haut en bas de la hampe tandis que sa langue faisait des traînées similaires. de haut en bas de la tige veineuse. Elle baissa encore la tête pour lui laper les couilles, provoquant un autre gémissement de satisfaction avant qu'il ne tire soudainement sa tête en arrière par les cheveux, la faisant lever les yeux vers lui.

"Beaucoup de temps pour ça plus tard," grogna-t-il, "Maintenant ouvert !"

Elle ouvrit la bouche et il s'enfonça en elle, la faisant bâillonner. Elle déglutit difficilement ; il avait une bite assez grosse, mais pas énormément et alors qu'elle prenait le rythme avec lui , elle gargouillait et déglutissait autour de la tête en entrant dans le portail de sa gorge plutôt que de s'étouffer et de s'étouffer avec lui. Les boucles douces qui couronnaient la bite qu'elle suçait sentaient avidement le pantalon en cuir qu'il portait, et elle y enfonçait volontiers son nez alors qu'il continuait à entrer et sortir de sa bouche de succion.

Des larmes coulaient sur ses joues et de la bave coulait de son menton lorsqu'il tira ses cheveux en arrière, inclinant son visage vers lui, avec juste la tête de sa queue restant entre ses lèvres. Le flash s'est déclenché plusieurs fois et il a gémi bruyamment : "Ouvrez, tirez la langue." La première giclée de sperme fit sauter sa queue, la pulvérisant sur son nez et sa joue, la deuxième atterrissant sur sa langue et une troisième atterrissant sur son nez et sa joue, manquant encore de peu son œil. Il replaça sa queue sur sa langue et ordonna : "Suce !" Le flash avait continué à se déclencher pendant le dernier de son orgasme, mais elle s'en fichait, elle était si chaude et excitée à ce moment-là.

"Pour quelqu'un sans beaucoup d'entraînement, tu es un plutôt bon petit enculé", dit-il en l'éloignant finalement de sa bite et en la jetant au sol. "Maintenant, nous pouvons passer aux choses sérieuses. Suivez-moi", dit-il en se tournant pour s'éloigner avant d'ajouter "Rawl".

Ils se déplacèrent de l'autre côté de l'extrémité faiblement éclairée de l'immense espace ouvert qu'elle considérait comme un entrepôt reconverti. Il s'assit dans un grand fauteuil en cuir et elle s'agenouilla devant lui. "Mains", elle entendit l'ordre et leva les mains vers lui et il entoura ses poignets de manchettes en cuir semblables à celles qu'elle avait portées pour Robert. "J'aime les bottes, tu les garderas, debout", ordonna-t-il.

Levant sa jambe vers le siège entre ses jambes, il enferma la cheville de sa botte dans une manchette ; sa main courut le long de sa jambe jusqu'à sa chatte, "Tu adores sucer des bites, n'est-ce pas, petite fille", murmura-t-il alors que son doigt passait devant le tissu fragile de son string et dans son humidité, la faisant haleter et la mordre. lèvre alors qu'elle se tenait en équilibre sur un pied. Son doigt entra et sortit d'elle plusieurs fois alors qu'il grognait, "Je t'ai posé une question, petite fille."

"Oui, Sire," haleta-t-elle.

"Donc dis-le!" » l'a-t-il incité à retirer son doigt d'elle et à lui caresser légèrement le clitoris.

"J'adore sucer des bites, Sire," haleta-t-elle en laissant échapper un petit gémissement alors qu'elle rougissait.

"Bonne fille. Il n'y en aura plus pendant que tu seras avec moi," il rassembla le string fragile en un tas et l'arracha de son corps. "Pas de culotte, pas de soutien-gorge. Sommes-nous clairs ?"

"Oui, Sire," dit-elle à bout de souffle, la piqûre de l'élastique qui la réchauffait légèrement.

"Autre pied", ordonna-t- il et elle changea de position. "Tu t'es fait enculer ?"

"Oui, Sire," répondit-elle et continua sa réponse simple alors qu'il continuait à lui poser des questions sur son expérience jusqu'à présent. Avait-elle été fessée, tondue, battue, fouettée ? Des pinces, des plugs anaux, des perles, des boules ben wah avaient-ils été utilisés ? Jeux de cire, sports nautiques ? Il était heureux qu'elle n'ait pas de piercings et qu'elle semble aimer le cuir autant que lui. Il a ensuite posé des questions sur les fétiches du style de vie, le seul qu'elle pouvait vraiment comprendre était d'être gardé comme animal de compagnie. Même si elle désirait apprendre à servir comme Samantha, elle ne se souvenait pas de son nom.

Il expliqua qu'il avait choisi l'adresse de Sire parce que bien qu'il s'identifie à être un Papa-Dom, il n'appréciait pas l'immaturité et les affectations enfantines de filles comme Sara. Au lieu de cela, il avait soif du respect et du contrôle ultime d'avoir une jeune femme comme Susan qui dépendait de lui pour chaque petite chose. Il prendrait soin d'elle et contrôlerait sa vie pendant le temps qu'elle serait avec lui comme un père le ferait pour une jeune fille, mais il avait aussi une large tendance sadique et aimait que ses filles acceptent leur besoin de bite et d'usage intensif. Il aimait alors être de vraies salopes, coquettes et taquines même avec ses amis, et même s'il lui permettrait de sucer de nombreuses bites différentes cette semaine, elle ne devait pas avoir de relations sexuelles avec pénétration avec les autres pendant qu'elle était avec lui. Il ne voulait pas d'un bébé qui pleure, ni d'un piqueur de colère, s'il voulait qu'une fille pleure et fasse la moue , il lui donnerait une bonne raison de faire exactement cela.

« Y a-t-il quelque chose que nous n'avons pas abordé et que vous aimeriez ajouter ? » lui demanda-t-il sérieusement.

" C'est Robert comme vous le savez qui m'a fait découvrir ce type de vie. Depuis que j'ai pris son collier, j'ai su que je voulais expérimenter davantage, tout, tout ce qu'il voulait me montrer mais... " balbutia-t-elle, "Ce n'était pas possible, maintenant c'est à des hommes comme vous de me montrer des choses différentes. Ce que j'essaie de dire, c'est que je ne sais pas encore ce que je n'aime pas ni quelles sont mes limites, je ne connais que les limites d'un homme. D'une certaine manière, et je l'aimais suffisamment pour faire n'importe quoi pour lui. Ceci, "elle le regarda," sera différent à bien des niveaux.

"Ah, chère fille," il prit son visage en coupe et lui embrassa le nez, "Tu m'as déjà fait plaisir de bien plus de façons que tu ne pourrais l'imaginer rien que par cette phrase."

Il la souleva sur ses genoux. "Maintenant, petite fille, ce n'est pas pour te punir mais simplement pour mon propre plaisir." Sa main s'est écrasée sur ses fesses et elle a crié. C'était un grand homme à la fois en taille et en muscles, ses fesses se réchauffaient rapidement et elle criait et sanglotait, haletante tandis que les doigts de son autre main la pénétraient et taquinaient son clitoris. En très peu de temps, elle suppliait de jouir.

"Il n'est pas nécessaire de mendier ce soir, tu peux jouir aussi souvent que tu le peux", sourit-il, appréciant qu'elle soit une salope si chaude et douloureuse. Andrew avait minimisé à quel point cette fille était bonne, ou peut-être qu'il ne s'en rendait pas compte. Quoi qu'il en soit, elle lui appartenait pendant une semaine, et il avait bien l'intention d'en profiter au maximum. Elle jouit longuement et durement en enduisant sa main et sa cuisse en signe de son plaisir à recevoir une fessée. Il la poussa de ses genoux pour atterrir en tas à ses pieds.

"Nettoyez vos dégâts, salope", grogna-t- il et elle se mit immédiatement à genoux et lapa sa cuisse en ronronnant presque de plaisir. Il lui souleva la tête par les cheveux et enfonça ses doigts gluants dans sa bouche. "Une petite fille tellement affamée, je parie que tu aimerais que ce soit une bite, n'est-ce pas ? Ne t'inquiète pas, je ferai en sorte que tu puisses sucer plus de bites que tu n'aurais jamais imaginé cette semaine", dit-il avec un sourire méfiant. Susan se délectait des dernières vagues de son premier véritable orgasme depuis des mois et savait que c'était ce dont elle avait besoin. Elle ressentait son désir pour elle, et c'était assez, assez pour lui donner envie de lui plaire et d'entendre ses éloges.

*****

Susan se réveilla recroquevillée en boule sur un petit lit dans le coin du grand entrepôt décloisonné. Elle pouvait voir Sire allongé sur un canapé en cuir à proximité, tapant sur un iPad, et elle se leva avec précaution en étirant de longs muscles inutilisés qui avaient été mis à rude épreuve la nuit précédente. Elle regarda autour de l'espace ensoleillé et s'émerveilla de la qualité de sa conception. La nuit dernière, tout avait été plongé dans l'ombre , elle n'avait donc pas vraiment pu apprécier l'immensité d'une maison sans murs. Ne sachant pas si elle devait demander la permission de bouger , elle resta assise tranquillement, attendant d'être remarquée.

Finalement, désespérée d'aller aux toilettes, elle parla doucement : « Bonjour , Sire. Puis-je utiliser les toilettes s'il vous plaît ?

"Bien, tu es réveillé, viens ici et suce-moi d'abord, ta petite bouche suceuse de bites a manqué d'attention depuis plus d'une heure ce matin", répondit Sire, "et ces photos que j'ai prises de toi hier soir. n'a pas aidé ma patience pendant que tu dormais. Il a tenu l'iPad vers elle pour qu'elle puisse voir ses propres yeux larmoyants au-dessus de lèvres largement tendues alors qu'elle lui suçait la bite la nuit précédente.

Susan rampa jusqu'à lui, essayant de se souvenir des quelques règles qu'il lui avait imposées la nuit précédente et s'agenouilla devant lui. Il était resté aussi nu qu'elle après leurs efforts de la nuit précédente, et elle baissa la tête sans entrave vers sa queue et l'embrassa presque avec révérence avant de passer sa langue de haut en bas sur toute sa longueur. Agenouillée dans une meilleure position, elle enroula une petite main autour de sa queue et enroula sa langue autour de la tête.

"Pas de mains", murmura-t-il, et elle tira docilement ses mains derrière son dos, élargissant sa bouche pour étirer ses lèvres sur l'ampleur de sa queue. Sa langue flottait et roulait alors que sa bouche s'adaptait à la taille, elle sentit ses mains s'emmêler dans ses cheveux alors qu'elle commençait à bouger lentement la tête de haut en bas, prenant davantage de lui dans sa bouche.

Ses mains se resserrèrent davantage alors qu'il la guidait vers le tempo qu'il aimait, car même si sa queue était large, elle n'était pas trop longue, et elle le prit sans s'étouffer complètement. Ses haut-le-cœur et ses gargouillis semblaient l'encourager, et il commença à se relever avec ses hanches tout en abaissant sa bouche. Il ne dura pas longtemps et après seulement quelques minutes, il jouit bruyamment, grognant alors qu'il s'enfonçait en elle par saccades. Elle gargouilla et déglutit en relevant lentement la tête alors qu'il relâchait ses cheveux en s'assurant qu'elle ne laissait pas de sperme sur lui.

"Oh ouais, ça valait la peine d'attendre, tu peux aller aux toilettes maintenant," Sire sourit et se leva en tête et elle rampa après lui. Il l'a assise sur les toilettes vers l'arrière du siège, laissant un peu d'espace entre ses jambes largement écartées et l'avant du siège. Il la regarda, "Eh bien, pisse si tu en as vraiment besoin," grogna-t-il.

Susan ferma les yeux et voulut que sa vessie se détende, elle venait juste de commencer à faire pipi quand elle couina de surprise, ses yeux s'ouvrant pour découvrir que Sire aussi faisait pipi en même temps, éclaboussant son jet jaune sur sa chatte pendant qu'il le faisait. Quand il eut fini , il porta sa bite à sa bouche : " Nettoie ma bite ", ordonna-t-il.

Incrédule de la demande et de sa propre volonté d'obéir, elle écarta lentement les lèvres et prit la tête désormais spongieuse entre ses lèvres, la suçant et la secouant sous le choc alors qu'il lui donnait une dernière giclée de pisse chaude sur sa langue. "Avalez-la, la pisse est stérile, elle ne vous fera pas de mal," rigola-t-il en la voyant osciller entre obéissance et répulsion, mais elle déglutit. "Bonne fille," il lui caressa les cheveux, "Maintenant douche, tu sens comme une pute à dix dollars lors d'une nuit bien remplie," continua-t-il à rire de ses profondes rougeurs d'humiliation.

"Oui, Sire," répondit-elle automatiquement.

Il la quitta alors et elle plongea dans la douche en se frottant le corps et en se gargarisant avec de l'eau chaude et fumante pour débarrasser sa bouche du goût de l'urine. Elle sortit de la salle de bain fraîche et détendue, l'eau chaude ayant fait des merveilles sur ses muscles endoloris. » Il a appelé depuis une partie de l'espace à mi-chemin et a souri alors qu'elle s'approchait.

"Asseyez-vous et mangez. Vous êtes trop maigre comme tout le monde le dit, et j'ai pour instructions strictes de bien vous nourrir", rit-il et s'assit lui-même. Il avait préparé des crêpes, du bacon, des œufs et une montagne de pain grillé. "Heureusement, je fais toujours un grand magasin quand je rentre d'un voyage", a-t-il ri.

Susan a constaté que, tout comme lors du dîner de la veille, elle avait faim et mangeait joyeusement. Elle ne savait pas si c'était l' entraînement qu'il lui avait donné la veille ou simplement le nouveau sens de l'orientation qu'elle avait dans sa vie, mais elle ne se posa pas de questions et mangea en sachant qu'elle était observée.

"Y a-t-il une raison pour que cette réunion ait lieu au club ?" » demanda Sire.

"Je pense que Maître Andrew voulait juste que je me change avant d'entrer dans l'entreprise ; c'est une réunion d'affaires," répondit-elle honnêtement.

"D'accord, je suppose que je devrais te laisser t'habiller pour la réunion," rigola-t-il, "Nous pouvons récupérer quelques autres affaires chez toi. Je suppose que tu as un appartement là-bas ?"

"Oui Sire," sourit-elle, rattrapée par son humour.

"Continuez à manger, je vais appeler Alan. Voir si nous ne pouvons pas changer légèrement le lieu", sourit-il.

Susan continuait à manger, mais elle pouvait entendre la conversation bruyante alors que l'humeur de Sire s'enflammait et qu'elle grimaçait un peu. Il revint en fronçant les sourcils et resta assis lourdement perdu dans ses pensées pendant un moment. Revenant soudainement de ses pensées, il la regarda, "C'est des connards surprotecteurs, n'est-ce pas ? Pas étonnant que tu aies dû t'échapper." Il lui tendit la main et lui prit la main dans un acte de tendresse et de compréhension. "Je serai là quand tu reviendras de ta réunion d'affaires. Va t'habiller maintenant, petite," lui dit-il.

"Oui, Sire," dit-elle doucement, confuse par ce qui s'était passé.

Il nettoya les débris du grand petit-déjeuner, l'observant de son point d'observation suffisamment grand pour voir par-dessus ou au-delà des meubles entre eux. C'était une belle jeune femme, soumise et obéissante malgré son manque d'entraînement. Cependant, il y avait plus à elle qu'il n'y paraissait, et il décida qu'il devait découvrir tous les détails de la mort de Robert et du rôle qu'elle y avait joué. De la façon dont Alan et Andrew réagissaient à sa demande, il semblerait qu'ils ne faisaient pas confiance à son jugement quant à ce qu'elle voulait ou ce dont elle avait besoin dans sa vie, et il savait exactement qui pourrait lui donner les réponses qu'il voulait, s'il pouvait la trouver. .

Sire enfila ses vieux cuirs usés et sa veste, en sortit une plus petite qu'il avait pour des occasions comme celle-ci et l'offrit à Susan qui était aussi sexy que la veille au soir, d'autant plus qu'il connaissait maintenant les délices de en utilisant le petit corps délicieux . La veste, bien que petite, était encore plusieurs tailles trop grande, mais elle a retroussé les poignets et ils sont partis pour retourner à son appartement. Pendant le trajet, il lui a posé des questions sur son travail dans l'entreprise et sur les personnes avec qui elle travaillait. Il était heureux d'apprendre que Cassandra était son adjointe et lui a demandé si elle serait présente à la réunion d'aujourd'hui. Il sourit intérieurement tandis que Susan lui expliquait exactement où il pouvait trouver Cassandra.

Se garant à nouveau devant les portes principales, Sire l'accompagna jusqu'à son appartement. Il fouilla immédiatement et avec un sentiment d'urgence dans sa garde-robe et jeta plusieurs tenues sur son lit. "Ceux que vous emporterez avec toutes les affaires personnelles que vous voudrez peut-être avoir pour le reste de la semaine. Tout ce dont nous aurons besoin, nous le ferons en cours de route , vous ne reviendrez pas ici tant que nous n'aurons pas terminé votre entraînement." il la regarda alors qu'elle se tenait debout, penchant la tête et se mordant la lèvre en pensant. Il s'approcha d'elle et lui releva le menton pour que leurs regards se croisent.

"Ils vous demanderont à nouveau si cette formation est ce que vous souhaitez", dit-il sérieusement. "Soyez bien sûr avant de répondre car je ne vous traiterai pas comme une poupée de porcelaine fragile. Je profiterai de chaque instant de votre soumission, à ma manière, non. des compromis ou un traitement spécial, dur et rude et exigeant tout comme moi. Il vit un soupçon de sourire et sut que c'était ce qu'elle avait besoin d'entendre. Il ne lui restait plus qu'à découvrir ce qui s'était passé ces six derniers mois.

Susan ressentit un sentiment de soulagement. Elle s'était inquiétée de son changement d'humeur après l'appel d'Alan et pensait peut-être qu'il n'avait pas voulu la former davantage. Elle avait hâte d'être à nouveau emmenée au loin pour endurer la demi-vie angoissante de pitié et de perte qu'elle avait vécue. Il y avait des similitudes avec Robert chez l'homme qui soutenait son regard, mais il y avait aussi beaucoup de différences et cela rendait le film passionnant à sa manière. Il avait été choisi parce qu'Andrew lui avait fait confiance dans sa soumission, et étrangement, après tout ce que Robert avait enduré pour gagner sa confiance, l'approbation d'Andrew était suffisante pour Susan pour le moment.

"Oui, Sire," répondit-elle finalement, "j'aimerais beaucoup rester avec vous encore une semaine." Il rit et se pencha pour l'embrasser profondément, lui frappant le cul, provoquant un couinement qui le fit rire davantage.

"Bien, maintenant cette réunion," il se tourna vers sa garde-robe, "Tu auras besoin de quelque chose de sexy. Quelque chose qui montre que tu es une jeune femme d'affaires confiante , qui connaît son propre esprit." Il commença à soulever ses costumes et à les jeter un par un. "Enfin," souffla-t-il. Il brandit une robe courte ajustée de style tunique bleu marine. Il se dirigea vers son tiroir à sous-vêtements. "Autant que ça me fait mal", il lui tendit une culotte en dentelle transparente et une paire de bas cuissardes couleur chair avec un revers en dentelle élastiqué sur le haut. Il la regarda s'habiller, passant ses escarpins bleus à talons hauts assortis.

"Coiffez-vous et juste un soupçon de maquillage", ordonna-t-il et il commença à emballer les choses qu'il avait jetées sur le lit dans un sac. "Effets personnels?" » demanda Sire alors qu'il allait fermer le sac, et elle alla dans la salle de bain chercher sa brosse à dents en se souvenant du nouveau goût de ce matin. Elle a également emballé une partie de son maquillage et des élastiques à cheveux ainsi qu'une photo. Une photo de famille heureuse d'elle et de ses parents prise lors de leur fête d'anniversaire. Robert n'était pas dedans, mais Susan se souvint de qui avait tenu l'appareil photo et sourit en le regardant avant de le lui remettre dans ses bagages.

"Fée Clochette, hein ? Ça vous va bien," rigola Sire. Il ramassa le sac et la veste qu'elle avait portés plus tôt pour la balade à vélo. « Mieux vaut que tu voies Andrew alors. »

Ils descendirent les ascenseurs jusqu'au club et traversèrent le hall en ignorant toutes les salutations alors qu'il la guidait dans la tanière. Sire ne perdait pas de temps en plaisanteries dans cc qu'il considérait comme un club prétentieux.

"Je ne sais pas à quoi tu joues ici, Andrew. C'est sa vie, sa soumission, son don et pour emprunter les mots de notre frère Barry, si tu tiens trop ses règnes, elle va te mordre et s'enfuir," Il se tourna et tendit son téléphone à Susan. "Mon numéro sera là quand tout sera fini, je viendrai te chercher quand tu le souhaites, appelle-moi et dis-moi où."

"Si, pour une raison inexplicable, vous n'appelez pas ce soir," il leva un regard d'acier vers Andrew, "je ramènerai votre sac dans le hall ici demain." Il se dirigea vers la porte et se retourna pour un dernier coup de départ. "Ne l'oblige pas à te mordre Andrew, parce que tu ne la récupéreras jamais."

"Tu aurais dû le lui dire," dit Gregory depuis l'autre bout de la pièce, faisant sursauter Susan, "Tout comme tu devrais le dire aux parties prenantes." Gregory semblait en colère et Susan réalisa qu'elle avait participé à une dispute sans même le savoir. Elle resta immobile, essayant de comprendre ce qui venait de se passer.

Andrew se dirigea vers Susan et la souleva, remarquant son esprit travaillant sur les problèmes en question, à la façon dont elle se mordillait si soigneusement la lèvre inférieure. Il s'assit dans un grand fauteuil confortable et la tint sur ses genoux avant de l'embrasser sur le front et de sourire.

"N'aie pas l'air si inquiet, petit, ce n'est pas si grave," dit doucement Andrew. "Tu avais l'air superbe, heureux même quand tu es entré. As-tu passé une soirée amusante ?"

"Oui, Maître Andrew," sourit Susan.

"Bien," Andrew se détendit visiblement en voyant son sourire, et Gregory se rapprocha et s'assit à proximité. "Je dois t'emmener à la réunion avec Alan ; il est trop occupé pour quitter le bureau en ce moment donc nous allons y aller bientôt mais d'abord," prévint-il, " Barry a convoqué une réunion des parties prenantes pour ce soir et je ne pense pas. ce sera agréable. Vous n'êtes pas obligé d'y assister si vous ne le souhaitez pas.

"C'est à propos de moi ?" Susan avait recommencé à se ronger la lèvre en réfléchissant à ses paroles.

"Oui," Andrew fut surpris par sa question, "Barry prétend qu'il a la garantie préalable qu'il serait autorisé à vous former et que, par l'intermédiaire de Robert, vous aviez accepté et accepté l'arrangement. En tant que tuteur, le souhait de la partie prenante de me supplier pour raviver l'accord initial.

"Je vois," Susan acquiesça. "Pourriez-vous m'emmener voir Maître James, s'il vous plaît, avant la réunion avec Alan, je suis sûre que cela ne le dérangera pas si je suis un peu en retard," demanda-t-elle avec espoir.

"Je pourrais, mais j'aimerais d'abord savoir pourquoi," Andrew fronça les sourcils, ce n'était pas la réponse à laquelle il s'attendait.

"S'il vous plaît, Maître Andrew, c'est très important pour moi, et vous pouvez rester avec moi tout le temps. J'ai une idée mais je ne suis pas sûr qu'elle fonctionnera, et je dois y réfléchir correctement et parler à Maître James avant de dire. à voix haute", a-t-elle expliqué sans s'expliquer.

En vérité, Susan ne pouvait pas lui demander grand-chose qu'il ne ferait pas, et il ne voyait aucun mal à sa simple demande. "Gregory, peux-tu appeler Alan et voir si nous pouvons repousser la réunion d'une heure ? Dites-lui que c'est 'important'," insista-t-il sur le mot et sourit. Il fit un signe de tête en désignant le téléphone dans la main de Susan. "Tu peux appeler James car je ne sais pas pourquoi tu veux le voir."

Susan a ri et a appelé le numéro sur son téléphone. Elle avait tous les numéros des amis les plus proches de Robert au cas où elle en aurait besoin. James était ravi d'avoir de ses nouvelles et a accueilli favorablement cette visite impromptue. Gregory a confirmé qu'Alan était heureux de repousser la réunion car il pourrait consacrer du temps à Susan chaque fois qu'elle arriverait cet après-midi.

En moins d'une demi-heure, Susan était assise dans le bureau de James avec Andrew après de longues salutations et des soupirs de Sara, qui affirmait ne jamais être autorisée à entrer dans le bureau de son père.

Finalement, elle avait fait la moue et était allée regarder des dessins animés pour qu'ils puissent parler de trucs de grandes personnes même si Susan n'était qu'une petite fille comme elle.

"Viens petite. Dis à Oncle James comment il peut t'aider," le vieil homme lui tapota les genoux, l'invitant à s'asseoir. James avait une façon de lui faire sentir comme une petite enfant et, docilement, elle s'assit sur ses genoux et le laissa la serrer contre elle et de manière rassurante.

"Viens-tu à la réunion des parties prenantes, oncle James ?" » demanda doucement Susan.

"Bien sûr, mon petit," Barry était très catégorique à ce sujet.

" Eh bien , voici le problème. " Susan se redressa et essaya d'être plus adulte que sa présence ne lui avait jamais permis de l'être. "Je connais mieux que quiconque le programme d'entraînement que mon Maître a mis en place. Il m'a toujours dit ce qu'il voulait et m'a donné des choix, et je pense que certaines personnes oublient que cela fait partie de qui je suis." James hocha la tête mais resta silencieux jusqu'à ce qu'elle trouve ce qu'elle voulait dire.

« Le problème, c'est que » elle fronça les sourcils en essayant de mettre des mots sur ce qu'elle voulait dire. "C'est comme si tu étais le premier sur la liste que le Maître a faite à partir de l'accord qu'il avait avec ses amis et..." elle s'arrêta en se mordillant la lèvre, "si j'étais venue vers toi comme je le suis maintenant, et que tu avais accepté que quelqu'un tu avais encadré devrait me former à ta place en raison de ton lien étroit avec le Maître..."

"Alors tu pourrais passer une semaine avec Billy," termina James pour elle, riant avec une véritable gaieté. "Robert s'est toujours vanté de votre intelligence et de votre attention ! C'est génial !" Ses rires firent rouler son ventre et bousculèrent Susan, qui ne put s'empêcher de rire avec lui.

"Peut-être pourriez-vous encourager les autres maîtres à utiliser également un second, quelqu'un qu'ils ont encadré et en qui ils ont confiance, afin que Susan ait ce degré de séparation d'avec Robert", suggéra finalement Andrew, qui était resté silencieux.

"Excellent!" James s'est enthousiasmé : "Je pourrais faire un bon discours sincère en son nom. La question est : est-ce que Billy veut qu'elle revienne ?"

"Il a pris avec lui mon sac qu'il a préparé lui-même et m'a dit de l'appeler dès que je serais prête", sourit Susan.

"Bonne fille," James s'amusait énormément. La retraite et la vie tranquille avec Sara, qui était vraiment une gentille petite fille, ne l'excitaient plus comme autrefois. " Mais tu amèneras Oncle Billy pour un rendez-vous de jeu avec Sara un après-midi de son choix afin que toi et moi puissions discuter davantage. " Susan hocha la tête, se mordant la lèvre et se demandant comment elle dirait à Sire qu'il devait assister à un goûter avec Sara lorsque James parlerait à nouveau. "Ne t'inquiète pas, petit, je lui dirai si tu veux. Je pense qu'il apprécierait ce que tu as dit cet après-midi." Il éclata de rire. "Je ne pense pas que nous ayons vu quelque chose comme celui-là depuis que Kitty nous a quittés, hein, Dick ?"

Andrew hocha la tête mais n'exprima pas ses sentiments, ils étaient encore trop bruts. Kitty était décédée il y a dix ans, mais ce n'est que récemment qu'il lui avait vraiment dit au revoir avec son ami le plus proche et partenaire commercial, Robert.

"Je suis désolée, oncle James , mais j'ai une autre réunion à laquelle aller. Je suis sûre que si vous l'expliquez à Sire, euh Billy, il m'amènera bientôt pour un rendez-vous de jeu", sourit-elle. "Mais je te verrai ce soir et tu m'aideras, avec les autres Maîtres ?"

"Bien sûr, cher enfant. En fait , j'attends ça avec impatience," rit à nouveau James.

"Moi aussi," Andrew ne put s'empêcher de se joindre à l'atmosphère joviale.

Susan embrassa la joue de James et se leva pour revenir aux côtés d'Andrew alors qu'il se levait à son tour et lui prenait la main. "Dites à Sara que je demanderai à ses oncles de lui envoyer une surprise pour être une si bonne fille," sourit Susan et ils se dirigèrent vers la porte et sortirent tranquillement.

Susan voyageait tranquillement dans la voiture à côté d'Andrew alors qu'ils se dirigeaient vers l'entreprise, perdus dans ses propres pensées. "Il semblait que nous t'avions tous sous-estimé, petit," Andrew brisa finalement le silence. "Comment saviez-vous que James avait autant de poids dans le style de vie ?"

"Je ne l'ai pas vraiment fait. C'était une sorte de pari, mais le Maître lui a toujours fait preuve de déférence, il était toujours le premier," Susan écarta l'hypothèse qu'elle avait une manière intérieure de savoir.

"À ma connaissance, il y a eu trois fois que quelqu'un a contrarié James. Dans deux de ces cas, les hommes se sont retrouvés en faillite et seuls, leur réputation en lambeaux", sourit Andrew. "Même si vous ne vous en rendez pas compte, ce que vous venez de faire est un coup de maître. J'espère que vous avez apprécié votre nuit avec Sire, car il y en aura d'autres à venir maintenant."

"Je peux vivre avec ça", sourit-elle.

Andrew rit alors avec elle et la regarda attentivement. Il l'avait considérée uniquement comme l'esclave de Robert, de son vivant, quelqu'un avec qui commander et avec qui jouer. Lors de sa mort, il l'avait considérée comme une enfant à protéger, à gâter et à prendre en charge. Maintenant qu'elle émergeait du nuage sombre qui l'avait submergée après sa mort , il réalisa à quel point elle était capable de gérer sa propre vie mais en même temps prête à se plier aux règles et à la volonté des personnes qui comptaient pour elle dans le club. , l'entreprise et le style de vie qu'ils partageaient comme elle avait appris à le faire avec Robert.

Susan fut surprise par l'accueil chaleureux qu'elle reçut des réceptionnistes du rez-de-chaussée, elle se demanda s'ils avaient toujours été aussi amicaux ou si c'était juste qu'elle était avec Andrew. Ils prirent l' ascenseur jusqu'au bureau d'Alan en silence et traversèrent le hall et le couloir jusqu'à la suite, saluant leurs collègues pendant qu'ils partaient.

Anne s'était levée et avait salué rapidement Andrew, puis avait serré Susan dans ses bras. "Oh, mon Dieu, c'est si bon de te voir et tu es magnifique!" Elle les accompagna dans le bureau d'Alan. Susan avait beaucoup à attendre de cette réunion, et elle apaisa les papillons dans son estomac alors qu'elle regardait son ami et tuteur Alan dont le visage était presque divisé en deux par son sourire en la voyant. Il la prit dans ses bras et l'embrassa profondément.

" Alors ton dos et tu as une proposition à me faire," Alan la remit sur pied.

"Ce n'est pas vraiment une proposition mais quelque chose que j'aimerais faire," dit Susan, pleine d'espoir, d'une voix confiante même si ses entrailles étaient comme de la gelée. Elle se préparait à lancer son ultimatum mais espérait que cela n'aurait pas l'air d'en être un. Elle inspira finalement profondément et dit à Alan exactement ce qu'elle avait dit à Andrew vingt-quatre heures plus tôt. "Pouvons-nous parler en amis, s'il vous plaît, des amis qui se soucient les uns des autres ?" Andrew s'assit et regarda en se demandant si son visage était rempli de chagrin et de confusion, lorsqu'elle lui disait les mêmes mots, comme celui d'Alan l'était maintenant.

"Bien sûr," dit magnanimement Alan, retrouvant rapidement son calme professionnel.

Susan a passé sous silence son séjour dans la « cabane » d'Andrew et son imprudence à chercher des aventures d'un soir juste pour ressentir à nouveau quelque chose. Elle a expliqué que les aventures d'un soir étaient une perte de temps et que Cassandra avait dit que c'était une leçon qu'elle devait apprendre. Cette vanille ne lui procurait plus de réel plaisir.

Prenant son temps , elle expliqua ensuite la visite de Barry et Cinthia et leur proposition concernant la formation que Robert avait mise en place. Finalement, elle parla de ses propres sentiments sur la façon dont cela pourrait fonctionner maintenant et s'il aidait James lors de la réunion de ce soir, elle pourrait être heureuse. Parmi toutes les informations qu'elle lui a données, elle a parlé de la façon dont elle s'était sentie comme une lépreuse, intouchable et fragile, comme un jouet cassé sur une étagère haute que les gens cherchent puis se souviennent qu'il est cassé et s'en vont.

"Il y a plus", Susan inspira. "Le côté affaires de ma vie, c'est pourquoi je suis ici", dit-elle doucement.

"Bien sûr, continuez alors," s'enthousiasma Alan et se pencha en arrière sur sa chaise, appréciant simplement de l'écouter parler avec une direction claire. Susan a exposé son idée d'une nouvelle entreprise qu'elle pourrait posséder et gérer sous la bannière de l'entreprise et son idée de voyager pour inspecter des entreprises et des fabricants partageant les mêmes idées.

"Tout cela appartenait à Robert, pas vraiment à moi et même si je suis reconnaissant de ma position ici en sa compagnie, si jamais je veux trouver un peu de paix face aux cauchemars et à la culpabilité qui me tourmentent, je ne pourrai pas être ici ou dans ce bureau. Je J'aimerais voyager et voir comment ces entreprises fonctionnent et les fabricants qui les fournissent, établir des relations pour ainsi dire", Susan s'est finalement arrêtée pour respirer et a regardé Alan.

" Donc, pour récapituler si je comprends bien," Alan la regarda sérieusement, "Tu veux que je soutienne James et quoi qu'il dise à propos de ta formation lors de la réunion des parties prenantes ce soir," attendit-il pendant qu'elle hochait la tête en rougissant doucement, "et tu veux que je pour approuver vos déplacements à travers le pays pour inspecter les petites entreprises entre cette formation. Susan hocha de nouveau la tête.

"En tant que partenaire principal dans cette affaire, à part vous et Vince, même si cela reste encore à décider, je dois demander," Alan la regarda fixement, "Qu'est-ce que cela nous apporte."

Andrew fut surpris par la question. Il n'avait même pas pensé à dire non à Susan, mais plutôt à la logistique nécessaire pour assurer sa sécurité pendant son voyage. Il regarda Susan redresser son dos et prendre une profonde inspiration.

"Je ne peux pas revenir ici à plein temps et être heureuse", dit tristement Susan. "J'ai parlé à mon avocat, et l'idée est bonne, et je pourrais le faire moi-même si j'en avais besoin et survivre grâce aux dividendes de mes actions dans la société. Mais je préférerais de loin le faire avec vos conseils." Elle a fait appel à son ego : "Robert m'a dit pendant que nous étions en Italie que vous pouviez diriger cette entreprise, aussi bien que lui, sinon mieux pendant son absence, c'est pourquoi il pouvait simplement se lever et partir pour une si grande quantité de temps." temps ; il vous avait demandé, toi et Andrew, de vous occuper de tout... y compris de moi." Elle prononça les deux derniers mots sans réfléchir, mais elle savait que c'était vrai.

"Une telle flatterie est en dessous de toi, Susan, même si mon ego a apprécié les caresses. Ici, il s'agit d'affaires, de quel type d'affaires parlons-nous ?" Alan s'assit en avant sur sa chaise, prêt à la griller et à percer des trous dans ses plans d'affaires si elle en avait un.

Andrew resta assis à regarder l'échange, c'est pourquoi il avait laissé la gestion de l'entreprise à Alan uniquement pour prendre les grandes décisions. Petit ou grand, Alan se délectait des machinations du monde des affaires et pouvait repérer les pièges possibles avant les autres.

"Je m'intéresse aux bijoux, une petite boutique au début, mais qui finira par se développer en franchise. Même si elle propose le genre d'articles habituels que l'on trouve dans une bijouterie, j'aimerais que ce soit également davantage une boutique spécialisée dans le verre soufflé à la main. comme des vêtements fétiches comme les colliers fabriqués par Maître Andrew. Ils sont magnifiques et d'après ce que je peux dire, il s'agit d'un marché largement inexploité en dehors de ce qui est disponible en ligne", Susan fit une pause pour reprendre son souffle. En vérité, se croyant en quelque sorte une jeune veuve, elle recherchait des types d'entreprises similaires en ligne depuis un mois ou deux.

"Je vois," murmura Alan, "Tu as un plan avec toi ?"

"Si je pouvais me connecter à un ordinateur quelque part, je pourrais l'imprimer pour toi," sourit Susan, notant avec satisfaction la surprise sur le visage d'Alan. Elle était délibérément entrée sans rien dans les mains. Intérieurement, Susan souriait mais gardait son visage sérieux, elle s'était envoyé le plan par courrier électronique au cas où une telle occasion se présenterait un jour.

"Bien sûr, Anne te laissera utiliser le sien", rigola Alan réalisant qu'il avait sous-estimé la jeune femme. Robert l'avait tellement éclipsée qu'il n'avait jamais accordé beaucoup de crédit au diplôme de commerce qu'elle détenait ni aux raisons pour lesquelles elle était venue travailler pour lui. Il regarda Susan quitter son bureau en fermant la porte derrière elle.

"Intéressant", murmura Alan à Andrew, "je pense que j'ai sous-estimé cette fille."

"Toi et moi tous les deux," rit Andrew, "j'ai eu hier l'accord 'pouvons-nous parler comme des amis qui se soucient l'un de l'autre', avec plus de poids sur les affaires personnelles et l'entraînement. Je pense que malgré le nombre de fois où Robert nous en a parlé Son intelligence et sa force, la plupart d'entre nous ont totalement sous-estimé cette petite fille. »

"Je vois ça," Alan hocha la tête, admettant qu'il ressentait la même chose.

"J'ai reçu quelques conseils de Wildman plus tôt dans la journée", a commencé à rire Andrew en réalisant à quel point c'était vrai après la discussion de Susan avec Alan sur le fait de faire cavalier seul s'il ne la soutenait pas, même si elle l'avait dit avec tact, cela revenait à à la même chose.

"Je peux imaginer", rit Alan à haute voix.

"Étonnamment, il a cité Barry, et je pense que ce sera nécessaire ce soir si l'occasion se présente. Après la conversation que vous venez d'avoir avec Susan , je pense qu'il pourrait être approprié d'utiliser ses propres mots sur lui." Andrew fit une pause et Alan le regarda avec un sourcil levé.

"Il pouvait voir qu'elle trouvait son propre chemin selon ses propres conditions, et elle avait peur, comme un Brumby amené dans les chantiers, selon les mots de Barry, 'si vous tenez ses rênes trop serrées, elle vous mordra et s'enfuira'. et si elle le fait, je ne sais pas si nous pourrons un jour la récupérer," Andrew se frotta la mâchoire. "Avec les aventures d'un soir et tout, je m'inquiète..."

"Oui, je peux le voir , mais je ne vais pas approuver un mauvais plan d'affaires," Alan aussi avait l'air pensif. "Si cela nécessite du travail, comme ils le font tous au début, nous pouvons le faire ensemble, au club si elle ne veut pas être ici", a-t-il modifié en s'en remettant à ses paroles et aux inquiétudes bien fondées d'Andrew.

Susan revint en grignotant un macaron et tendit les feuilles imprimées de son plan à Alan. "S'il vous plaît, donnez-moi votre opinion honnête," dit doucement Susan en laissant tomber le document.

Regardant Alan commencer à feuilleter le document, elle se tourna vers Andrew et lui dit doucement : « Pensez-vous que nous pourrions dîner tôt avant la réunion de ce soir, s'il vous plaît, Maître Andrew ? Elle leva les yeux et vit Anne fermer la porte du bureau après l'avoir entendue parler. Une fois de plus, Anne lui avait fortement suggéré de faire quelque chose et était restée là pour s'assurer qu'elle le faisait. "Je meurs de faim ces derniers temps."

"Bien sûr," dit Andrew en fronçant les sourcils, réalisant qu'ils avaient complètement sauté le déjeuner.

"Il y a un super petit restaurant asiatique sur le chemin du club si tu veux manger dans un endroit différent. J'allais emmener Anne en chemin si tu veux nous rejoindre, mais ne le dis pas à Barry, il peut être un peu autoritaire. à propos de notre repas ailleurs", sourit Alan.

Andrew haussa les épaules et Susan hocha la tête avec un sourire. Il semblait que quelqu'un l'écoutait enfin. Robert avait toujours dit de ne pas avoir peur de demander ce qu'elle voulait, il choisirait alors si c'était approprié ou non. Peut-être était-ce la façon calme et réfléchie avec laquelle elle avait abordé les deux hommes à qui il avait confié son avenir, plutôt que de les insulter de vouloir s'échapper et de rester seuls, ce dont elle réalisait maintenant qu'elle n'était jamais une option qui s'offrait à elle. Andrew et Alan ont pris leurs responsabilités au sérieux et c'était leur façon d'honorer Robert.

"Merci à vous deux d'avoir écouté mes demandes sérieusement et d'avoir pris le temps d'y réfléchir. Je n'ai pas dû être facile à vivre récemment, et j'en suis désolée," Susan les regarda toutes les deux. "Je suis une fille chanceuse. que vous preniez soin de moi tout en veillant à mon bien-être et je vous aime pour cela. Robert, comme toujours, savait ce dont j'aurais besoin avant même de le faire. Elle se mordit la lèvre alors qu'elle s'attardait sur son contrôle sur sa vie, ses yeux devenant vitreux de larmes retenues. "Je me rends compte de mon changement d'attitude envers le travail et bien, tout semble assez soudain, mais j'y ai beaucoup réfléchi ces derniers temps et j'ai vraiment envie de faire tout cela."

"Je n'ai pas encore vraiment examiné ce plan, et je ne vous laisserai pas faire un mauvais investissement simplement parce que vous le demandez gentiment," dit fermement Alan.

"Oh, je sais," sourit Susan de travers, "C'est pourquoi Robert t'a fait confiance pour me conseiller et m'aider. C'est pourquoi il a fait confiance à Andrew pour s'assurer que je ne serais pas simplement emporté par un Maître qui ne méritait pas ma soumission. J'ai enfin compris." Elle eut un rire embarrassé. "Je voudrais juste... je ne sais pas... avoir le choix quant à ce que mon avenir me réserve et recommencer à vivre, tu sais ?" "Je n'ai jamais eu le courage de te parler de ce que je voulais vraiment faire." Elle les regarda tous les deux , "Je suppose que la visite de Cinthia et l'invitation de Barry ont été le catalyseur, j'ai ajouté ma confession d'ivresse à Gregory sur ce que j'avais fait à la cabane et tout s'est en quelque sorte mis en place en même temps, de sorte que finalement j'ai dû parler. en haut."

Alan regarda à nouveau le plan entre ses mains. Il avait aimé son petit discours. Cela témoignait d'une décision qu'il jugeait téméraire et prise à la hâte. "Demandez à Anne de vous faire visiter les deux bureaux dans lesquels nous serions en mesure de vous déplacer et de choisir vos propres palettes de couleurs, etc., pendant qu'Andrew et moi discutons de votre plan et de ce que vous voulez que je soutienne. James à la réunion de ce soir, "Alan était très pragmatique plutôt que l'idiot détendu que Susan savait être dans ce personnage d'homme d'affaires.

"Oui, Maître Alan," sourit légèrement Susan. Elle ne voulait pas pousser sa chance en posant d'autres questions sur le moment où Andrew lui avait fait part de son souhait de changer de bureau ou pourquoi il avait accepté si vite, au lieu de cela, elle hocha la tête et quitta tranquillement la pièce, laissant les hommes parler.

Anne était ravie d'avoir Susan toute seule pour le moment et discutait joyeusement pendant qu'elles marchaient le long du couloir pour jeter un œil aux bureaux. En s'approchant du premier, elle le reconnut et se tourna vers Anne, les yeux écarquillés : "Je ne veux expulser personne de son propre bureau !"

"Oh, ma chérie," sourit Anne, "Ce n'est pas le cas. Ils se portent volontaires. En fait, je parie qu'ils essaient de vous convaincre de prendre leur poste."

"Pourquoi feraient ils cela?" Susan était encore une fois confuse.

"Chacun des hommes est un cadre très performant qui a bien fait d'empêcher son portefeuille de s'effondrer après l' annonce de... eh bien, vous savez. Quel que soit le bureau que vous choisirez, il pourra emménager dans le bureau d'Alan, et il emménagera dans la suite que vous choisirez. va partir. C'est gagnant-gagnant partout, si vous y réfléchissez. Anne a expliqué.

"Pourquoi Alan n'a-t-il pas lui-même échangé avec moi ?" Susan était amusée par l'explication d'Anne.

"Parce que tu es une enfant gâtée ces derniers temps, et il voulait que tu choisisses toi-même pour que tu ne puisses pas changer d'avis dans quelques mois," Anne haussa les épaules et étouffa un sourire face au regard horrifié de Susan. des mots barbelés.

"J'ai été assez horrible avec vous tous, n'est-ce pas," reconnut Susan. "C'était juste..."

"Nous comprenons chérie. C'est quand même bon de voir un aperçu de Susan que nous avons connue revenir. Peut-être que tu te souviendras de qui sont vraiment tes amis maintenant," Anne était acerbe mais elle ne pouvait pas s'en empêcher, elle était blessée que Susan ait est réapparue ces deux derniers jours sans même un appel pour le lui faire savoir et peut-être organiser une visite.

Susan ne savait pas comment s'excuser pour les choses méchantes et blessantes qu'elle avait dites à tous ses amis qui voulaient seulement l'aider dans son chagrin. Au lieu de cela, elle n'a rien dit de reconnaissante pour leur compréhension et leur pardon. Elle avait évité de les revoir sachant que des excuses étaient nécessaires, mais il semblait qu'il était trop tard pour Anne à en juger par la façon dont elle parlait maintenant à Susan.

Comme prévu, chacun des cadres s'est réjoui de Susan et a vendu les meilleurs points de leur bureau individuel, mais c'est l'un des assistants qui l'a aidée à prendre une sorte de décision. Le dirigeant lui-même était assez typique des types de mâles alpha que l'on trouve dans cette entreprise. Rhys Muldoon était grand, beau et musclé, et il parlait avec confiance en saluant les deux femmes, les accueillant dans son bureau en l'absence de son assistant.

Après avoir fait un rapide tour du bureau bien aménagé, ils s'apprêtaient à quitter lorsqu'un jeune homme impeccablement habillé entra précipitamment. "Anne ! Suis-je trop tard ?" il leur a présenté du café et quelques petites pâtisseries, encourageant tout le monde à s'asseoir dans les chaises confortables et à profiter de la collation. "Chéri, si je connais Alan et Andrew, ils t'ont traqué toute la journée, comment vas-tu, petite amie ?" Il serra la main de Susan avant de lui offrir l'assiette de friandises.

Anne éclata de rire alors que le jeune homme les laissait à peine parler alors qu'il continuait à poser question après question à Susan. Rhys interrompit le flux avec une réprimande bourrue. "Peut-être que si tu respirais de temps en temps, ils répondraient à tes questions," dit-il avec un murmure bas et dangereux. A juste titre réprimandé, le jeune homme se rassit sur sa chaise et regarda les filles avec impatience.

"Non, tu n'arrives pas trop tard et Susan va très bien, n'est-ce pas, chérie ?" Anne lui répondit.

"C'est merveilleux, merci," Susan montra les petites pâtisseries parfaites, "Je meurs de faim, cela n'aurait pas pu arriver à un meilleur moment."

"Excusez-moi s'il vous plaît, Miss Biancotti, j'ai un travail urgent," dit Rhys en se levant de la chaise confortable.

"Oh, je suis vraiment désolée," Susan se leva immédiatement comme pour partir.

"S'il vous plaît, restez, Patrick fera la moue, si vous ne le laissez pas vous montrer lui-même les détails qu'il a ajoutés au bureau et obtenir tous les potins de vous deux." L'homme rit du regard consterné que Patrick lui lança et continua : " Prenez votre temps ; je suis sûr que rien n'est pressé, si je sais qu'Andrew et Alan se disputeront sur un détail mineur de ce dont ils parlent. " L'homme hocha la tête et quitta la pièce.

"Et c'est pourquoi je l'aime", s'est exclamé Patrick en se tournant vers les femmes. "Eh bien, comme tu ne t'es pas enfui avec un prince du Moyen-Orient après tout, j'ai besoin de tous les potins," sourit-il à Susan.

"Est-ce que vous plaisantez?" S'exclama Anne, ne laissant pas Susan parler d'elle-même, "Elle est revenue ici pour réclamer un nouveau bureau, probablement un nouveau PA et elle auditionne de nouveaux Masters comme si elle avait le choix de qui elle veut. Cette petite fille a grandi avec une paire de couilles. pendant qu'elle était absente. " Elle rejeta la tête en arrière en riant tout en taquinant Susan. La vérité était qu'elle se sentait trahie parce que Susan n'avait partagé aucun de ses projets avec elle. Robert l'avait mise dans la position de confidente de son esclave, et Anne se considérait comme l'amie la plus proche de Susan dans ce monde. Susan aurait dû lui demander conseil ou au moins lui parler de ses projets, mais elle avait visiblement parlé à d'autres.

"Oh mon dieu, ce n'est pas du tout comme ça !" Susan haleta : "Est-ce que j'ai l'air si mauvais ? Je voulais juste recommencer la formation que Robert avait prévue pour moi et revenir au travail d'une manière qui ne me rappellerait pas constamment lui et la culpabilité que je ressens qu'il m'a sauvé pendant ce temps. lui et Tony..."

"Mort," termina Patrick pour elle en lançant un regard dur à Anne. " Bon sang Anne, c'était un peu garce même pour toi. "

"Oh chérie, détends-toi, c'était une blague," Anne passa un bras autour de l'épaule de Susan. "Il faut être plus dur que ça, les gens diront bien pire, comme ils l'ont fait quand tu as pris le collier de Robert, tu te souviens ? On parlait de tout à l'époque."

Susan hocha la tête et sourit en coin, elle ne s'attendait tout simplement pas à entendre de telles choses de la bouche d'Anne, elles étaient amies après tout. Elle se mordit la lèvre pensivement et prit une autre petite pâtisserie.

"Elle fait aussi partie de ces filles qui peuvent manger n'importe quoi et ne jamais prendre de poids, tu peux le croire ?" » ajouta Anne avec un sourire narquois, faisant faire une pause à Susan dans sa mastication. Anne riait, mais Susan pouvait dire qu'il y avait de la colère sous la surface de ses remarques acérées, et elle se demandait pourquoi.

"Tu sais ce qu'ils disent Anne, si tu ne peux rien dire de gentil, alors tais-toi. Allez Susan, laisse-moi te faire visiter cet endroit correctement," dit Patrick en lui prenant légèrement le bras et en la guidant à travers la grande pièce. "Je n'ai vraiment pas envie de quitter notre petit nid d'amour", lui fit un clin d'œil Patrick en la faisant sourire. "Eh bien, pas pour un bureau de la même taille avec une vue à peine meilleure, il m'a fallu du temps pour l'obtenir ici. Par contre, si vous nous proposiez votre suite," sourit-il en la laissant ouverte, "Quels autres bureaux avez-vous consultés ?"

Susan énuméra les noms des autres cadres auxquels elle avait rendu visite et Anne ajouta le nom du dernier qu'ils n'avaient pas encore vu juste derrière eux.

" Alors tu as fait tout ça toi-même ? " » demanda Susan en indiquant le mobilier qui rendait le grand bureau confortable et chaleureux.

"Bien sûr, tout comme Anne a rénové l'espace fabuleux d'Alan. La plupart des assistants qui connaissent bien leur Maître ont tendance à prendre en charge cet aspect des choses," Patrick appréciait visiblement les éloges tacites venant de Susan.

"Merci beaucoup de m'avoir montré tous vos merveilleux secrets ici, j'aime particulièrement les panneaux cachés dans les murs, c'est si chaleureux et confortable", s'est enthousiasmée Susan, "Mais je pense que mon temps était écoulé depuis longtemps et qu'il nous reste encore encore un à regarder donc nous devrions y aller.

"Robert t'a mis dans une situation difficile, faisant de toi un partenaire mineur ici. Anne a raison, les gens parleront et diront des choses méchantes, continuez simplement à faire ce que vous faites. Tout s'arrangera et les gens s'y habitueront. , finalement", lui sourit-il sincèrement.

Ils sortirent dans la petite zone de réception du bureau où se trouvait le bureau de Patrick ouvrant sur le grand couloir ouvert. Le trio sursauta lorsque Rhys, qui avait quitté la pièce plus tôt, se leva de la chaise du bureau de Patrick et fronça les sourcils vers eux trois. Sans aucun préambule, il leur parla fermement : "Patrick montre à Miss Biancotti le prochain bureau sur sa liste et ensuite la ramène à Andrew et Alan, je crois que j'aimerais parler avec la charmante Anne."

"Oui Maître," dit Patrick et il guida Susan hors de la scène dont il était sûr qu'elle se préparait. Susan eut l'air inquiète et se mordit la lèvre, mais Patrick resta bavard comme d'habitude, la rassurant : "Cette fille est tellement populaire. Vous savez qu'elle était Domme avant de venir travailler ici. Tout le monde respecte toujours son opinion ; elle a un très bon esprit. pour les affaires même si les siennes se sont effondrées il y a quelque temps, et elle avait besoin de Robert et Andrew pour la sauver pour ainsi dire. Eh bien , c'est de vieilles nouvelles, nous y sommes, " dit-il en souriant et en s'arrêtant dans son bavardage constant.

Susan entra dans un bureau qui contenait ce qui ne pouvait être décrit que comme un décor spartiate. Il ne semblait y avoir aucune décoration et le mobilier consistait en un grand bureau aux bords durs et plusieurs chaises inconfortables.

" Eh bien , c'est une toile vierge," dit joyeusement Patrick, "Je ne pense pas que le propriétaire aime le désordre, n'est-ce pas ?" Susan secoua la tête avec un doux rire.

Ils retournèrent lentement au bureau d'Alan pour discuter de choses générales au sein de l'entreprise ; Susan a décidé qu'elle aimait vraiment Patrick. Il n'a pas ignoré la mort de Robert et sa disparition ultérieure, mais il n'y a pas non plus insisté. Il était assez fort pour dire ce qu'il ressentait sans avoir l'air grossier, et il était vraiment de bonne compagnie.

Ils entrèrent dans un bureau plein de tension et Susan n'était pas sûre de ce qui se passait, alors elle resta silencieuse en regardant le groupe de personnes.

"Eh bien, tout cela semble juste et j'en parlerai plus en détail demain," dit finalement Alan dans le silence. "Merci de l'avoir porté à mon attention, j'ai été un peu distrait ces derniers temps", a-t-il admis. "Allons manger et nous pourrons discuter des résultats lors d'un long dîner avant la réunion des parties prenantes. Avez-vous apporté votre voiture ou votre vélo ?" il a demandé à Andrew.

Susan regarda Anne pendant l'échange. Elle semblait calme et ne retournait pas son regard alors que les hommes préparaient leur soirée et Rhys quitta la pièce avec Patrick lui faisant des adieux amicaux et ses meilleurs vœux pour ses projets. Alors qu'ils partaient en voiture vers le restaurant suggéré par Alan, Susan remarqua qu'Anne n'était pas avec eux et fronça les sourcils en regardant par-dessus son épaule alors qu'Anne s'asseyait à son bureau pendant qu'elles attendaient l'ascenseur.

"Anne a des choses importantes à faire", expliqua Alan en voyant son expression et le regard qu'elle lança à Anne. Susan hocha la tête mais une fois de plus sa lèvre resta coincée entre ses dents. Ils entrèrent dans l'ascenseur et descendirent en silence.

Alors qu'Alan allait s'enregistrer à la réception, Susan se tourna vers Andrew et dit doucement : "Je suis désolée si je me comporte comme un enfant gâté qui revient et exige que tout le monde change ses horaires autour de moi."

"Vous n'avez rien exigé. Vous êtes venu me voir avec une proposition et vous m'avez demandé si cela pouvait être fait. Ensuite, vous avez fait des compromis sur tout, lorsque nous en avons discuté. Les gens exigeants ne demandent pas et ne discutent pas et un enfant gâté aurait tamponné son pied et non compromis", Rhys leur avait raconté ce qu'Anne avait dit, et Andrew savait à quel point les paroles acérées de son amie auraient eu un impact sur la fragile bravade que Susan avait rassemblée pour revenir dans le monde que lui et Alan avaient été inquiète, elle abandonnerait après le meurtre de son Maître.

"Tu dois nous dire ce dont tu as besoin maintenant," continua-t-il doucement en la rapprochant de lui. "Ce que vous avez vécu a été pour le moins traumatisant et je pense que vous êtes très courageux face au jugement des autres. Vous ne pouvez pas prendre en compte tous les commentaires sarcastiques, parfois il y a d'autres raisons pour lesquelles les gens disent les choses qu'ils disent. dire."

"Je ne me sens pas très courageuse en ce moment", murmura Susan.

"Anne était un peu contrariée que tu ne l'aies pas appelée pour lui dire ce que tu prévoyais et que tu ne l'aies pas laissée te donner ses conseils, comme elle le faisait avant", a admis Andrew. "Comme nous tous, elle pleurait Robert avec toi et ne savait pas quoi dire ou faire. Nous espérions tous que tu viendrais vers nous quand tu serais prêt. Alan et moi, en tant que tuteurs, sommes dans une position unique où tu dois venir nous voir si tu veux rester dans le monde que Robert t'a donné, mais Anne espérait que tu la chercherais toujours en amitié. Elle n'aurait pas dû dire ce qu'elle a dit, et elle sera punie si elle n'est pas présente ce soir. mais essaie de comprendre que ton amitié étroite lui manque.

"Je suis une personne tellement horrible", a presque pleuré Susan. "Je continue d'être si cruelle envers les gens qui me sont chers et cette fois, j'étais tellement concentrée sur ce dont j'avais besoin..." sa voix s'éteignit.

"Cela deviendra plus facile, et il n'y a rien qui ne puisse être réparé à temps", la rassura Andrew tout en lui laissant s'approprier le blâme et la culpabilité de ses actes.

"J'imagine qu'un certain nombre de personnes méritent des excuses et des explications de ma part après les six derniers mois", a admis Susan. Elle réfléchit à la manière dont elle procéderait pendant qu'ils se dirigeaient vers la voiture et se rendaient au restaurant.

Pendant le repas, Alan lui a fait part de son point de vue sur son business plan. Il était brut et présentait des trous, mais il pensait que les défauts pourraient être résolus et améliorés pour en faire une proposition solide. Il a suggéré un cycle de deux semaines d'affaires et de formation afin que chaque mois, des progrès puissent être réalisés sur son plan personnel et sur son plan d'affaires. Les deux premières semaines du côté commercial seraient consacrées à lui-même ou à un autre dirigeant de l'entreprise pour résoudre les problèmes de sa proposition. Cela signifierait qu'elle aurait besoin d'un bureau le plus tôt possible et d'un assistant personnel dans l'entreprise.

« Puis-je s'il vous plaît garder Cassandra ? » » demanda Susan, un peu confuse.

"Bien sûr," dit magnanimement Alan, "Mais Cassandra a largement dépassé l'âge de la retraite et vous devez également envisager d'autres options. Elle ne souhaite peut-être pas revenir ou ne rester que pour une courte période."

"J'ai aussi une idée à propos des bureaux," Susan se mordit la lèvre. "Mais on aura probablement l'impression que je suis à nouveau braillarde et exigeante, cependant."

"Après ce soir, lorsque vos projets personnels et professionnels auront été définis et acceptés, je doute que vous ayez une autre opportunité d'être bravard ou exigeant, alors allons-y," rit Alan.

"Eh bien..." elle hésita et prit une profonde inspiration avant de dire ce qu'elle pensait. "Andrew a admis qu'il vous laisse la gestion de l'entreprise et qu'il est là uniquement pour les très grandes décisions." Andrew haussa un sourcil mais hocha la tête. "Ne serait-il pas mieux qu'Alan et celui qui dirigeait les choses en son absence, s'il y en a un, aient les suites pour divertir les clients et autres. Je veux dire que vous pourriez tous les deux changer de bureau, quelle que soit la personne qu'il est préférable d'intensifier. en cas de besoin, je peux avoir mon bureau et je prendrai le leur. »

"C'est logique", approuva Andrew, reconnaissant qu'il était à peine là pour utiliser l'ensemble des pièces qu'il occupait.

"Je pense qu'il est peut-être trop tôt pour changer la structure par rapport à celle que Robert avait mise en place. Plusieurs hommes ont été d'une valeur inestimable au cours des six derniers mois et expliquent en partie pourquoi l'entreprise continue de générer d'importants bénéfices pour nous tous. " Alan s'est couvert.

"Mais elle a raison," dit Andrew sérieusement. "Robert n'aurait jamais laissé l'entreprise uniquement entre mes mains. Il a toujours été celui qui dirigeait l'entreprise et, compte tenu des événements récents, nous, c'est-à-dire vous, devrions probablement regarder qui pourrait diriger le navire si quelque chose de fâcheux arrivait." Alan hocha la tête mais semblait inquiet à propos de la discussion.

"As-tu apprécié ta soirée avec Wildman ?" » demanda Alan en changeant rapidement de conversation, ayant besoin de temps pour réfléchir à ce que Susan et Andrew avaient dit en se demandant si le fait d'être le nouveau PDG d'une entreprise aussi grande et rentable faisait de lui une cible.

" Oui , merci," Susan rougit profondément avant d'ajouter : "Beaucoup."

"Bien, alors ce soir sera une évidence. James dira à tout le monde quoi faire, et nous le soutiendrons. Cela devrait être terminé rapidement," sourit Alan à Susan. "C'est une petite manœuvre très intelligente que tu as réalisée là, mon petit." Elle lui rendit son sourire toujours rougissant, et ils parlèrent de la formation et des différents Maîtres que Robert avait approchés pour compléter sa formation. Finalement, Alan regarda sa montre et déclara qu'ils devraient partir.

En arrivant au club, Susan craignait de devoir se changer, mais Alan et Andrew l'emmenèrent directement à la réunion. En entrant dans la grande tanière, elle regarda autour d'elle et remarqua les personnes qu'elle connaissait. Elle leur sourit à tous et alla s'agenouiller maladroitement dans sa robe entre Alan et Andrew. Les jumeaux étaient arrivés avec leurs filles ; James n'avait pas amené Sara ; Bill aussi était seul et discutait avec Josie et sa fille Gian. Barry et Cinthia se tenaient légèrement à l'écart, avec Barry et Gregory à proximité. Il semblait que tout le monde était arrivé en avance, et Susan sentit des papillons lui retourner le ventre alors qu'elle endurait les regards que tout le monde lui lançait.

"Bien, nous sommes tous là. Barry , tu as convoqué cette réunion alors allons-y," dit Andrew sérieusement.

"Nous devrions d'abord nous débarrasser de la chair des esclaves", déclara John Goodman en regardant autour de lui.

"Envoyez le vôtre si vous le souhaitez, mais le reste peut rester car cela les concerne," dit brusquement Barry. Il a déclaré que Robert avait approché au moins cinq des Maîtres présents pour l'aider à former sa fille, Susan. Il a jugé qu'il était toujours approprié qu'elle reçoive la formation qu'il avait prévue pour elle afin de l'aider à faire des choix sûrs, sains et consensuels dans le cadre de son mode de vie. Il a continué, rappelant aux dominantes les filles qu'ils connaissaient tous qui avaient été dans une position similaire, étant partiellement entraînées et faisant des matchs moins que favorables avec des Maîtres qui étaient eux-mêmes nouveaux dans leur style de vie. Il a parlé d'une offre faite récemment à Susan et de son retour ultérieur, ainsi que du choix d'Andrew de s'écarter du plan initial de Robert. Il pensait qu'il était normal que Susan fréquente d'abord son ranch pour suivre la formation qu'il lui avait proposée. Finalement, il s'est assis et a ouvert les bras comme pour inviter les autres à prendre la parole.

"Il me semble," dit James lentement et délibérément, "que si vous prenez le plan de Robert pour entraîner cette petite fille comme prétexte pour interrompre ce qui s'est passé au cours des dernières vingt-quatre heures, vous vous trompez complètement. Susan va d'abord à ton ranch." Il regarda tous les dominants présents dans la pièce, attirant leur attention.

"Vous voyez," il prit le journal de travail de Susan sur le bureau devant lui, "Dans le véritable emploi du temps établi par Robert lui-même, c'était ma Sara qui était la première, suivie de Shaky, Samantha et ensuite Cinthia et Anne. Il y en a une. nom de la fille écrit chacun des cinq jours de sa semaine de travail. James replaça le journal ouvert sur la table pour que les autres puissent le voir.

"Ce livre était ici dans la tanière. Andrew avait, bien sûr, recherché des informations sur la formation que Robert avait mise en place. Après avoir vu cela, il m'a contacté au sujet de la demande de Susan de reprendre sa formation après votre visite inopinée à Susan chez elle. retraite", a déclaré James, faisant paraître les motivations de Barry sournoises. Il y eut un murmure parmi les autres Maîtres qu'il laissa continuer une minute avant de lever la main. "Je suis un vieil homme et Sara est plus que suffisante pour moi, alors j'ai demandé à un homme que j'avais encadré et à qui je confierais la vie de Sara de former la petite Susan à ma place."

"Je ne vois aucun problème avec ça ; Andrew est son tuteur, avec Alan," Bill haussa les épaules pour exprimer son opinion. "Cela ne devrait vraiment rien avoir à voir avec les parties prenantes, elle n'est pas la propriété du club et elle n'influence pas son fonctionnement. Il est sûrement préférable de laisser cette affaire entre les mains de ses tuteurs." Bill n'avait toujours pas compris ce qui s'était passé en Italie. Il pensait que la perte de ses amis et le traumatisme subi par Susan auraient pu être évités s'il avait simplement été plus rapide à rassembler les éléments de l'identité de Lucifer. La culpabilité le tourmentait et il avait du mal à se trouver dans la même pièce que Susan et à discuter de son avenir sans Robert.

"Ce sont exactement mes pensées," approuva James. "Je crois que cette réunion précipitée n'a fait qu'affliger une petite fille qui essayait courageusement de recoller les morceaux de sa vie brisée." Il regarda Barry d'un air significatif.

"Ce n'était pas du tout mon intention", a déclaré Barry avec une certaine colère dans la voix. "Il n'y avait rien de sournois dans mon appel à cette réunion, simplement pour acquérir une connaissance claire des actions et des intentions d'Andrew. Je veux seulement que Susan soit en sécurité et heureuse."

"C'est ce que nous voulons tous," acquiesça James, "sinon aucun de nous ne serait venu voir de quoi il s'agissait. Comme nous sommes tous ici, j'aimerais proposer une nouvelle idée à ces Maîtres que Robert a fait. approcher et donner à ceux qu'il n'a pas eu l'opportunité d'offrir leurs conseils à Susan par l'intermédiaire d'Andrew. Une fois de plus, il s'arrêta pour entendre des murmures et des hochements de tête d'assentiment. "Je suggérerais que si l'un d'entre vous est toujours prêt à offrir une formation au petit, envisagez de choisir un homme en qui vous avez confiance et qui a été de préférence encadré par vous-même. Il pourrait entreprendre cette formation, sous votre étroite supervision, si vous le souhaitez, mais aucun- à moins que quelqu'un qui pourrait devenir son Maître à l'avenir devrait nouer un lien fort pendant la formation.

"D'accord", dit John Goodman de manière surprenante. "De quel délai parlons-nous ? L'entraînement d'une fille qui vient vers moi prendrait plus de temps, je pense, que la plupart des autres, car il s'agit d'une pratique exigeante incluant des styles de danse et de mouvement."

"Elle a également besoin d'un retour dans l'entreprise dans laquelle elle est désormais associée mineure, nous allons donc échelonner la formation entre les engagements professionnels", a ajouté Alan à la conversation. "Nous envisageons des intervalles de deux semaines . Si cela ne suffit pas, nous pouvons négocier avec vous John." John hocha la tête et s'assit pour observer la petite fille qui avait créé toute cette agitation, se demandant si elle était assez forte pour être traitée comme une esclave de Gor.

"Je suis partant", a déclaré Steve, "Appelez-moi simplement pour fixer le timing et je verrai si mon homme peut être disponible.

"Vous pourriez m'ajouter à la liste de ceux que vous aimez," Josie agita la main, "Robert ne me l'a pas demandé mais elle pourrait tout aussi bien avoir l'expérience d'une formation complète." Andrew hocha la tête et les yeux de Susan s'écarquillèrent un peu tandis que Gian lui souriait timidement.

"Viens ici, petite," dit doucement James à Susan. Elle se déploya de manière instable et se releva, lui permettant de la tirer sur ses genoux.

"Vous avez entendu ce que nous avons tous dit, mais comme toujours, vous avez le choix. Je connais assez Robert pour savoir qu'il vous a toujours laissé le choix dans les grandes décisions de la vie. Votre capacité à choisir cette vie ou non est votre plus grand atout", a-t-il souri. chez elle. "Alors voici votre chance d'être entendu, vous êtes en sécurité ici et nous vous écouterons."

"Puis-je me lever, s'il vous plaît, Maître James," dit doucement Susan. James sourit et l'aida à se relever.

" Tout d'abord, je voudrais vous remercier tous d'être venus ce soir, beaucoup d'entre vous me connaissent à peine et pourtant vous avez tous écouté et accepté ce qui a été dit. J'ai mal agi dans mon deuil, excluant mes amis et les amis de mon Maître, et je m'en excuse sincèrement," elle regarda Cinthia avec insistance avant de tourner son regard vers les autres filles qui souriaient de manière encourageante.

« En vérité, je n'avais pas envisagé de reprendre la formation que mon Maître avait mise en place jusqu'à ce que Maître Barry et Cinthia viennent me voir, mais l'idée m'a beaucoup séduit c'est pourquoi je suis revenu et j'ai parlé avec Maître Andrew. Je me conforme volontiers à ce qui est décidé pour moi et je ne m'attendais pas à ce que les choses se mettent en place aussi rapidement. Je suis un peu dépassé et je tiens à remercier chacun d'entre vous pour votre offre de poursuivre ma formation. Je respecte et fais confiance à Maître Andrew et Maître Alan et j'espère qu'avec leur aide, je pourrai rendre mon Maître, Robert, fier de la façon dont j'ai choisi de continuer à vivre comme il le souhaitait, même après son départ . Sa voix se fit entendre et elle recula ses épaules, se voulant ne pas pleurer.

"Je comprends que vous avez tous une vie bien remplie et que s'adapter à l'entraînement d'une fille qui n'est pas la vôtre peut être difficile et si vous modifiez vos horaires ou ceux des autres pour moi, je ferai de mon mieux pour prouver que je suis digne de J'aimerais beaucoup revenir à William Wilder ce soir, et vous permettre, à vous, les Maîtres que je respecte tant, et à Maîtresse," Susan inclina la tête vers Josie, "de mettre en place ce qui se passera ensuite."

"Alors est-ce que je vais la renvoyer à Wildman ce soir, Barry ?" » s'enquit James.

"Ce que vous avez dit, et ce que Susan elle-même a dit, m'ont poussé à retirer ma déclaration précédente. Je vérifierai cependant sa situation chaque semaine pour assurer sa sécurité et son bonheur", a-t-il déclaré sérieusement.

"Peut-être qu'un arbitre impartial serait préférable", suggéra James. "Peut-être que Gregory, qui s'occupe si bien des filles ici, pourrait faire un rapport pour vous sur une base hebdomadaire. Il a un second ici au club maintenant, je crois et il pourrait apprécier. assumer de nouvelles tâches.

"C'est déjà un homme très occupé..." Barry commença à essayer de garder le fil qui le relierait à Susan jusqu'à ce qu'elle vienne le voir pour s'entraîner.

"Ce serait un changement de rythme intéressant", coupa Gregory. Il y avait eu des tensions entre Andrew et Barry depuis la mort de Robert et il pouvait voir cela comme un autre point de discorde alors qu'en vérité il se félicitait de l'opportunité d'assurer la sécurité de Susan comme il l'avait fait tranquillement au cours des six derniers mois.

" Eh bien , si c'est fini, je dois y aller," Bill ne pouvait plus supporter la tristesse de la voix de la petite fille. Il y eut un murmure d'assentiment et, d'un geste du bras, il quitta la pièce. À sa suggestion, plusieurs autres parties prenantes sont parties après lui, sentant la tension entre Andrew et Barry qui serait mieux gérée sans leur présence. En quinze minutes, c'étaient Barry, James, Andrew et Alan qui restaient avec Gregory qui planait près de Susan.

"J'escorterai Susan et Cinthia jusqu'à son appartement afin qu'elle puisse se changer, s'il y a plus à dire sur ce sujet", proposa Gregory intuitivement, réalisant que James était probablement le meilleur homme pour intervenir dans la tension entre Andrew et Barry à propos de Susan. l'aide sociale avant qu'elle ne devienne un problème plus vaste.

Alors que Gregory fermait la porte, il entendit James dire : « Si tu avais pu mettre ton ego de côté assez longtemps pour appeler Andrew et lui demander, tu aurais pu éviter tout cela et mettre encore plus de pression sur cette petite fille.

Les filles restèrent silencieuses pendant qu'elles montaient dans l'ascenseur et Gregory laissa Susan entrer dans son appartement. Il s'assit sur une chaise confortable alors qu'ils entraient dans la chambre de Susan.

"Cinthia, je suis désolée, j'ai dû le dire à Andrew, il est la chose la plus proche du Maître en ce moment. J'avais besoin de lui dire, je n'ai pas pris les meilleures décisions par moi-même ces derniers temps," commença Susan.

"Tu aurais quand même pu me parler, Anne, n'importe laquelle des filles..." dit Cinthia avec une voix blessée et piquante.

"Et puis quoi ? Fuir au ranch ? Est-ce qu'Andrew ou Gregory sont venus me ramener pour m'expliquer ?" » dit Susan frustrée. "Je ne sais pas ce que c'est pour toi ou les autres filles, mais il y a tellement de gens qui surveillent chaque petite chose que je fais. Si je pète trop souvent , je suis précipité chez le médecin !" Elle s'assit au bord du lit, la tête dans les mains. "On dirait que peu importe ce que je fais, ce n'est pas la bonne chose et c'est le cas depuis la mort de Robert. Peut-être que j'aurais simplement dû rester caché au lieu de revenir, mais il est trop tard maintenant, alors je dois en tirer le meilleur parti."

Cinthia s'assit à côté d'elle sur le lit et passa un bras autour de son épaule. "Tu as toujours été la petite d'apparence innocente, Anne et moi voulons juste t'aider, prendre soin de toi, à notre manière. Tu ne nous parles plus de ce qui t'arrive depuis..." soupira Cinthia. "Elle m'a appelé, avant ton arrivée, en larmes. Elle a dit des choses méchantes, mais tu dois savoir qu'elle ne pensait vraiment rien. Nous sommes tes amis, nous voulons juste t'aider, et tu sembles l'être. nous excluant. »

"Je suis désolée mais jusqu'à hier soir, je n'étais même pas vraiment sûre de vouloir ça", essaya d'expliquer Susan. "Je ne sais pas qui je suis sans Robert mais ça faisait du bien d'avoir un Maître qui ne ressentait pas le besoin de me traiter comme un jouet cassé ou comme si je pouvais me briser à tout moment. C'était bien de ne pas avoir à penser , obéis simplement. C'est ce dont j'ai besoin en ce moment, et c'est la seule chose dont je suis sûr. Je ne veux plus parler de ce qui s'est passé en Italie. Je ne veux plus parler de ce que je ressens ou de ce que je Je vais bien pour le moment. Je ne veux pas aider les autres à faire face à leur chagrin en revivant ces détails. Je fais des cauchemars, je sursaute aux bruits forts, je ne veux pas parler à tous ces gens là-bas de Robert et de comment Je sens que je dois avancer ou devenir fou. »

Cinthia hocha la tête, elle n'avait pas réalisé à quel point les bonnes intentions de vouloir Susan proche pour qu'elle puisse s'occuper d'elle et lui parler auraient un effet négatif. Elle se leva et entra dans l'armoire en fouillant dans les vêtements tout en pensant aux paroles de Susan. " Eh bien , si tu es déterminé à y aller, tu ferais mieux de porter quelque chose de convenable," dit-elle de sa voix grave et riche.

"Il sera sur son vélo, donc des bottes seraient pratiques," dit doucement Susan en fronçant les sourcils face au changement d'humeur.

"Si je me souviens bien, il est fan du look d'écolière salope ", Cinthia sortit une jupe plissée tartan et un chemisier blanc transparent. Susan eut un demi-rire triste et hocha la tête, prenant les vêtements des mains de Cinthia.

Une heure plus tard, Wildman entra dans le salon du club, récupéra Susan dans les bras d'un pompier et grogna à Andrew : "Je la ramènerai dimanche soir." Puis il est parti sans saluer aucune des autres personnes présentes dans la pièce. La jetant sur l'arrière de son vélo, il lui donna une veste et un casque avant de monter dessus, et le vélo rugit sous eux.

Ils arrivèrent à son entrepôt et se rendirent au garage. Avant que la porte roulante ne se ferme, Susan se retrouva dépouillée de son casque et de sa veste et de nouveau enroulée sur une large épaule dans la cale d'un pompier alors qu'il montait les escaliers deux à la fois. Traversant le vaste entrepôt, il s'arrêta finalement dans le coin le plus sombre de la pièce faiblement éclairée. Il l'assit sur le petit lit demi-taille sur lequel elle avait dormi la nuit précédente et commença à allumer des bougies dans la petite zone. Il semblait à Susan qu'il avait mis du temps à préparer son retour.

"Il est tard," grogna-t-il finalement, "Tu m'as fait attendre beaucoup trop longtemps ton appel."

"Je suis vraiment désolée, Sire," dit Susan avec contrition, sachant très bien qu'elle n'aurait pas pu le contacter plus tôt qu'elle ne l'avait fait.

"Tu le seras", dit-il avec un sourire narquois. "Debout", ordonna-t-il. Susan se leva et il passa une main sur sa jambe pour sentir sa chatte. "J'avais une règle à ce sujet," sa voix baissa et ses doigts s'enroulèrent autour du tissu fragile, les arrachant avec force de son corps, la faisant trébucher vers lui. Il la saisit entre ses mains, la souleva et la suspendit au dossier du fauteuil en cuir ; elle se rendit compte qu'elle devait poser ses mains sur les coussins car le dossier haut la laissait pendre de manière précaire. Elle entendit plutôt qu'elle ne vit la ceinture siffler à travers les passants de sa ceinture alors qu'il l'enlevait, et elle se tendit en attendant le premier coup.

Susan sentit sa main plutôt que la ceinture contre ses fesses alors qu'il caressait les joues arrondies et soulevait la jupe qu'elle portait toujours haute. Les caresses douces et tendres la troublèrent, ce n'était pas ce qu'elle attendait de lui après la nuit dernière et ce matin. Elle s'était attendue à être traitée comme un jouet sexuel et utilisée durement, non caressée et traitée avec soin.

"Vous étiez en retard et vous portiez des sous-vêtements, vous réalisez que je ne peux pas laisser une entorse aussi intentionnelle aux règles impunie", chantonna Sire d'une voix douce alors que sa main bougeait doucement sur sa peau. La voyant se détendre sous son doux contact, il souleva la ceinture qu'il avait doublée dans son autre main et la fit descendre contre ses fesses deux fois en se déplaçant en forme de huit et en marquant chaque joue du cul parfaitement arrondi. Satisfait de ses cris, il la frappa à nouveau avant de demander : « Vous vous souvenez de votre mot de sécurité ?

"Oui, Sire," gémit-elle, "Fruitloops, Sire."

"Et tu souhaites l'utiliser ?" son bras se balança en forme d'arc en huit, colorant à nouveau ses fesses.

"Non, Sire," cria Susan.

Lâchant la ceinture, il la souleva et la plaça devant la chaise alors qu'il s'asseyait et commençait à la menotter et à lui mettre un collier. Sa main remonta le long de sa jambe et joua avec la chatte pendant qu'il lui menottait les chevilles. "Putain de petite salope douloureuse", gémit-il tandis que ses doigts s'enfonçaient en elle et pompaient dans et hors de l'humidité dégoulinante, la faisant haleter de besoin. "Tu aimes ça, n'est-ce pas, vilaine fille, haletante comme une petite chienne en chaleur," il retira ses doigts et les força profondément dans sa bouche, la faisant bâillonner alors qu'il regardait doucement son visage strié de larmes .

"Déshabille-toi", ordonna-t-il en retirant ses doigts de sa bouche. Il s'émerveilla une fois de plus devant la petite jeune fille parfaitement formée, ses seins hauts et fermes mais toujours arrondis malgré sa petite taille, ses hanches anguleuses mais il imaginait qu'avec un peu de poids, elles se courberaient magnifiquement jusqu'au cul en forme de cœur qu'il portait. les marques de sa punition. Il sentit sa queue se durcir en signe d'appréciation. Il remarqua le petit tatouage aux lignes fines qui la marquait comme ayant appartenu à quelqu'un qui avait voulu la garder pour toujours comme sa propriété, mais l'ignora pour l'instant, sachant qu'il avait de la valeur pour la fille qui le portait.

Sire a tiré Susan vers l'avant et a enroulé ses lèvres autour d'un mamelon, sentant le bourgeon dur rouler sous sa langue avant de le mordre et de le retirer en étirant la chair de sa poitrine. Susan haleta et se mordit la lèvre, étouffant un cri alors qu'il le lâchait pour sentir une pince crocodile mordre son mamelon, mais alors que sa bouche travaillait sur le deuxième mamelon, elle gémit tandis que ses dents mordaient la chair l'étirant de son corps. Elle a crié et tremblé lorsque la deuxième pince a été fixée.

"Cry-baby", taquina-t-il, "Nous n'en sommes même pas encore à la partie amusante", rigola-t-il en brandissant une troisième pince sur une longue chaîne attachée à celle sur ses seins. Susan suça sa lèvre entre ses dents et cligna des larmes de ses yeux vitreux, sentant sa main libre commencer à caresser sa chatte, ses doigts trouvant et faisant rouler rapidement son clitoris. Elle était haletante quand, après ce qui semblait un âge, elle sentit les signes révélateurs d'un orgasme imminent, elle sentit la pince sur le petit nœud qui était tout le centre de son être à ce moment-là. Elle cria, son corps tremblant de besoin et de douleur. La lumière blanche et chaude d'une douleur exquise lui brûla le cerveau, et ses mains la soulevèrent alors que ses jambes commençaient à refuser de supporter son poids.

La forçant à chevaucher les accoudoirs de la chaise dans laquelle il était assis, il la pencha en arrière, la guidant pour qu'elle s'allonge presque à l'envers le long de ses jambes tendues. Enfonçant trois doigts un à la fois dans son petit trou étroit, il la baisa avec eux, l'étirant largement et écoutant ses sanglots hystériques de plaisir et de douleur. "Jouis , sale petit con", lui rugit-il et elle se cambra en hurlant l'orgasme qui ravagea son corps, la faisant sursauter et avoir des spasmes alors qu'elle flottait dans un état qu'elle n'avait pas ressenti depuis si longtemps.

À peine consciente de rien d'autre que des rivières de papillons électriques qui flottaient de haut en bas de son corps, faisant fondre ses processus de pensée, elle découvrit en revenant lentement à la réalité qu'elle était maintenant allongée sur ses jambes, sur le ventre, et qu'elle avait ses doigts lubrifiés en elle. trou du cul serré l'étirant largement avec une action de ciseaux.

Haletante lourdement, ses yeux papillonnèrent, et elle gémit et gémit face à son utilisation continue de son corps après un orgasme aussi époustouflant . La voyant commencer à venir, Sire la souleva en position assise, au-dessus de sa bite désormais dure comme le roc , ses jambes toujours à cheval sur les accoudoirs de la chaise la gardant suspendue en place. Il enroula un bras autour de sa taille et la força à abaisser son cul maintenant tendu sur sa queue alors qu'il le tenait pointé vers le trou qu'il avait préparé. Gémissant bruyamment alors que la tête entrait dans le portail, et que le petit trou le serrait fermement, il se délectait de la sensation d'elle et des sons de sa soumission à ses sombres désirs.

Plaçant ses deux mains sur ses hanches, il la força lourdement sur sa queue, s'enfonçant en elle et grognant profondément de plaisir. Enfonçant ses doigts dans ses hanches, il commença à la faire bouger de haut en bas, grognant dans son oreille et jouant avec la chaîne reliant toujours ses tétons à son clitoris. Sentant son propre orgasme approcher beaucoup trop rapidement, il la força à s'appuyer sur sa bite, la faisant crier une fois de plus et la tirant contre son corps. Atteignant autour d'elle, il défit soigneusement la pince de son clitoris, la sentant trembler et crier de douleur. Son corps se cambra fortement, le pressant plus fort sur sa queue.

Sire a commencé à lui donner une fessée sans trop de force mais suffisamment pour que la douleur qu'elle ressentait coule dans son petit corps alors que les muscles travaillaient autour de sa queue. "Jouis, montre-moi à quel point tu es vraiment une pute douloureuse", gémit-il à son oreille et continua à gifler humidement sa chatte. Les pinces sur son mamelon rebondissaient à chaque claque et à son mouvement sur sa queue et Susan hurlait dans le grand espace, son cerveau se pliant à sa volonté avec la douleur et le plaisir qu'il lui procurait.

C'était plus que ce que Sire pouvait supporter, et il la souleva facilement et la poussa au sol à ses pieds alors qu'elle tremblait dans son orgasme. Prenant une poignée de ses cheveux, elle lui donna sa bite et commença à lui baiser le visage, la bouche grande ouverte et à bout de souffle, ses yeux roulaient presque dans sa tête alors que des larmes coulaient sur ses joues. Il a retiré les pinces de ses tétons, noyant ses cris avec sa bite alors que son orgasme continuait de la secouer, et il est venu asperger sa lourde charge sur sa langue et son visage.

Lâchant ses cheveux, il la laissa finalement tomber au sol et baissa les yeux sur la petite fille. Il l'avait poussée très fort pour lui demander un mot de sécurité . En vérité, il ne pouvait pas croire qu'elle ne l'avait pas fait, mais Cassandra l'avait prévenu qu'elle prendrait tout ce qui lui serait donné, faisant confiance au dominant pour connaître ses limites, même s'il lui était inconnu. Son innocence et sa naïveté dans son style de vie étaient quelque chose que Robert chérissait, et il avait développé son endurance pour la douleur qu'il lui avait infligée et lui avait donné envie d'en avoir envie. Mais dans l'état actuel des choses, elle était dangereuse, elle devait prendre conscience de ses propres limites d'endurance.

Cela l'inquiétait grandement qu'elle n'ait aucun sentiment d'auto-préservation, voyant son petit corps encore légèrement se contracter même dans son état partiellement comateux ; il a réalisé quelle devait être la priorité et pourquoi il avait été choisi comme premier entraîneur à son retour à leur style de vie. La prenant dans ses bras, il l'emmena dans son grand lit et, récupérant une bassine et un gant de toilette, la nettoya soigneusement et doucement. Se glissant dans le lit avec elle, il la serra contre lui et se souvint de ce que Cassandra lui avait dit à propos de la mort de Robert. Il était mort en la protégeant, et elle était restée coincée sous son corps, enduite de son sang jusqu'à ce que le conducteur de la voiture ait réussi à la libérer, puis l'homme avait conduit alors même qu'il mourait de ses propres blessures pour récupérer. en sécurité.

Elle avait besoin de formation à bien des égards, mais elle avait surtout besoin de guérison. La tenant dans ses bras, il regardait le plafond, essayant de trouver comment lui apprendre que l'auto-préservation était bien plus souhaitable que l'obéissance et la confiance aveugle envers un dominant.

FIN

97